Piel de lavanda

HISTORIAS DE MONTPUVIEN

José A. Mayayo

io.

José A. Mayayo

Piel de lavanda

HISTORIAS DE MONTPUBIEN

Impresión y editorial: BoD – Books on Demand
info@bod.com.es - www. bod.com.es
Impreso en Alemania – Printed in Germany

ISBN: 978-8-4137-3653-2

El propósito de las palabras

es transmitir ideas.

Cuando las ideas se han comprendido

las palabras se olvidan

¿Dónde puedo encontrar un hombre

que haya olvidado las palabras?

Con ese me gustaría hablar

Chuang-Tzu

MONTPUBIEN

Montpubien es un pueblecito de unos setecientos habitantes, o así era antes de que llegase la última oleada de catarros, con los que como ocurre en cada invierno, su población se ve reducida en unos cuantos vecinos, se cree que hay una buena razón para que esta tendencia a la baja se modifique en unos pocos meses, todo indica a que así será, debido a que en los últimos tiempos ha surgido algo similar a una pandemia de embarazos entre las mujeres jóvenes, aunque también se han producido algunos casos con otras no tan jóvenes, que amenaza con romper las estadísticas de los últimos cincuenta años, la culpa de esta última pandemia —quiero decir la de embarazos— la tiene de manera indirecta su última vecina censada, Madame de la Roche que al parecer su sola presencia hace que sus vecinos deseen apagar sus ardores en la cama al llegar a su casa.

En realidad, Montpubien no es su nombre auténtico, es decir el oficial, el mismo que figura en los mapas de la región, y por el que se le nombra en los organismos oficiales, esto no tiene ninguna importancia para los habitantes de los pueblos más cercanos, y algunos otros no tan cercanos. Montpubien es el nombre más utilizado para denominarlo, ya nadie recuerda si en algún momento tuvo otro nombre, con este se le conoce en todos los pueblos de la zona, y en algunos casos ha trascendido hasta más allá de los alrededores, haciéndose eco del nombrecito en periódicos de gran tirada. No se trata de una novedad o de una moda, se lo asignaron hace ya muchos años los habitantes de los pueblos vecinos, que como sucede a menudo, son siempre los más proclives a «bautizar» — a veces con un poco de mala leche— a los pueblos limítrofes, convirtiendo en herederos del nombre sin poder remediarlo, a habitantes presentes y futuros de la localidad en cuestión.

Cuando no existen demasiadas preocupaciones ni otro tipo de distracciones, siempre hay motivos de diversión, buscando el nombre adecuado a juicio de alguien, que defina al pueblo o a la persona en cuestión, Montpubién no es una excepción, debe este nombre, a su ubicación, porque también la naturaleza a veces suele gastar bromas, generando figuras que no se olvidan tan fácilmente, y eso ocurrió en este caso, a sus primeros habitantes se les ocurrió asentar las viviendas en un montículo romo, y casualmente por esas gracias de la naturaleza, este montículo se formó en medio de un pequeño barranco, debido a las contracciones de las placas tectónicas, y visto desde otro monte más alto, alguna mente un tanto desequilibrada creyó que tenía cierto parecido con el monte de Venus, y de ahí a asignarle el nombrecito fue todo uno. La idea hizo que los habitantes de Montpubien explotasen debido a un brote de ira, que no tardó en desaparecer al escuchar entre risas, el comentario de su vecino más insigne, el conde Armand de la Roche:

—Ahora me explico el placer que siento al vivir en este pueblo

El comentario del conde hace que todos sonrían al escuchar el nombrecito, y no dudan en utilizarlo entre ellos, y hasta han pensado en solicitar de las autoridades su cambio de manera oficial, una idea que divierte a Armand, y lo comenta entre risas con un vaso de «pastiche» en la mano. A nadie sorprende el comportamiento del conde, están habituados a suprimir el título nobiliario al dirigirse a él, para todos ellos Armand es un vecino más, y como a cualquier otro le gusta jugar a la petanca y tomar unos vinos, o jugar una partida de cartas para terminar pagando una ronda con las ganancias, que no pasan de cifrarse en unos pocos francos viejos, aquella moneda antecesora del nuevo franco que al menos tiene más presencia que el anterior.

Desde niño, Armand está acostumbrado a hacer aquello que le viene en gana, las normas sociales y las apariencias no han tenido ningún valor para él, es su escudo que lo utiliza para ocultar su timidez, que va desapareciendo al mismo tiempo que aumentan los años cumplidos.

Antes de hacer más comentarios sobre Armand de la Roche dedicaré un poco de tiempo al deporte por excelencia entre las vecinas de Montpubien, y lo mismo que sucede en muchos otros pueblos, se trata del «chismorreo», es decir de hacer comentarios ya sean ciertos o imaginarios, dándoles un aire de verdaderos y que quien los cuenta ha sido testigo directo de lo que relata, una vez que los comentarios inician la circulación, su contenido corre como la pólvora de corrillo en corrillo, en cada uno de ellos la noticia se agranda y se hace más jugosa. Armand es el tema único desde que desapareció al comenzar la guerra, —aunque nadie en el pueblo conoce sus andanzas durante la contienda— unos dicen que sirvió al gobierno de Vichí, otros que lo hizo con las tropas americanas hasta la liberación de Europa por parte de los aliados.

Poco a poco se fueron acallando las habladurías, hasta que un buen día vieron a su convecino aparecer en una fotografía a tres columnas en la portada de Le Fígaro, en la que Armand estaba recibiendo de manos del presidente de la República la cruz de la legión de honor. No se encontraba solo, junto a él y un grupo de partisanos y familiares de otros, muertos durante la guerra, junto a una mujer que creen reconocer, el periódico pasa de mano en mano dando paso a las conjeturas todo tipo de conjeturas:

—¡Fijaos bien! —La advertencia requiere un momento de atención, antes de continuar— Parece que está mujer es Soleil, la hija de Giselle.

Todas las mujeres presentes, conocen la relación que existía entre Armand y Soleil desde que eran unos niños, y conocen también la oposición de Giselle a esa relación, provocando que un día Soleil abandonase su casa sin que nadie supiera hacia donde se había dirigido, unos días más tarde fue Armand el que abandonó el pueblo, y hasta ese momento nadie había tenido noticias de los desaparecidos. La foto es para esas mujeres como el hueso para un perro hambriento, y no están dispuestas a que la dueña del periódico les arrebate la noticia que puede reavivar las elucubraciones, se exaltan y tratan de quitarle el periódico para comprobar si realmente se trata de la Soleil que conocen desde que era una niña, y comienzan las opiniones, hay quien cree que se le parece, pero se trata de otra mujer. Soleil no podría utilizar un arma, o colocar un explosivo al paso de un convoy nazi. La dueña del periódico duda, recoge nuevamente el diario y comenta desilusionada:

—Puede ser que tengáis razón y no sea ella, era una chica muy amable, esta tiene las facciones más duras. ¿Os imagináis cómo le quedaría a Armand el uniforme de la legión?

Un coro de carcajadas son la prueba de que todas ellas han ido recreando la imagen de Armand en su cerebro, vistiendo un uniforme que lo hace irresistible a ojos de cualquier mujer, aunque para todas ellas, «cualquier mujer» es el equivalente a cada una de las componentes de ese corrillo. Dejándose llevar por la euforia comienzan a entrechocar los hombros entre risas nerviosas que tratan de ocultar con una capa de rubor los pensamientos lascivos, que tratan de alejar de sus pensamientos para no tener que pasar por el confesionario del padre Pascual. Y no es que no existan otros motivos para comentar entre esos dichosos corrillos, o mentideros o como quieran denominarlos, pero ninguna de las historias posee el interés morboso para los habitantes de Montpubien, como la atribuida al conde de la Roche, y aunque ninguna de las féminas se atreve a decirlo, todas ellas imaginan algún tipo de aventuras en las que el protagonista es Armand, hasta que una de ellas se atreve a comentar en voz alta:

—¡Lo que tiene que saber hacer este hombre!

De nuevo las risas de tonos agudos indican el nerviosismo producido por el placer causado por el poder imaginativo, que se entrecortan acompañadas de respingos y miradas al lugar en el que unos cuantos hombres se dedican a jugar a la petanca, ellos las miran de soslayo sin prestarles atención, y ellas se sienten ofendidas porque los jugadores no se han dignado dirigirles una mirada acompañada de sonrisas y cuchicheos, hasta que una tal vez más enfadada que el resto, mira a uno de los jugadores que se concentra mientras intenta hacer una tirada, y comenta con cierto tono airado:

—Seguro que esos que están ahí, conocen bien a Armand, lo típico de los hombres es que unos procuran ocultar los pecados de los otros.

Lo cierto es que de los setecientos habitantes en Montpubien, si alguien les preguntase uno a uno si conocen a Armand de la Roche, todos ellos contestarían con un rotundo y mayúsculo ¡sí! y también cada uno de ellos diría que es lo que más le gusta o disgusta de él, cada convecino diría una característica distinta, solamente las mujeres son capaces de coincidir en aquello que les atrae, los ojos y la sonrisa son los más votados de la larga lista, haciendo que todas ellas ponen una vela a Santa Rita como patrona de causas imposibles para que Armand se decida a formar una familia en Montpubien, y eligiendo a una de ellas para ser la condesa de la Roche.

Transcurren los años, y continúan sin noticias de Armand, de vez en cuando los vecinos de Montpubien hacen algún comentario, hasta que las habladurías se acallan, su ausencia se convierte en algo normal, lo mismo que el cambio de estación. La fotografía de la portada de Le Fígaro ha quedado en el montón de diarios viejos que servirán para encender el fuego en la cocina de leña o tal vez colgada del gancho de un retrete. El fallecimiento de Félix de la Roche —el padre de Armand— a los 92 años, anima de nuevo las tertulias convirtiéndose en el punto de partida para iniciar un sinfín de suposiciones y conjeturas sobre si aparecería o no Armand, hace que sea el único tema de conversación en todos los corrillos de mujeres, la fotografía vuelve a cobrar relevancia y comienzan las conjeturas sobre si la desconocida será o no Soleil, aunque esto último lo comentan en voz baja indicando que no debe salir de esa tertulia.

El verdadero motivo de los comentarios no es tanto la llegada del nuevo conde, sino la pregunta que ronda en las mentes sobre si Armand continuará o no con el mismo sistema de aparcería, y si lo haría de la misma manera en la que sus antepasados la han mantenido durante siglos, traspasando el derecho de padres a hijos por siempre jamás, como reza en los documentos escritos en la antigua lengua de esta zona, y firmada con la propia sangre del entonces Señor de la Roche, y si regresa con Soleil creen que está asegurado el sistema, a fin de cuentas la familia de la joven son los mayores y más antiguos aparceros del conde.

No tienen que esperar mucho tiempo para poder satisfacer las dudas, al día siguiente del fallecimiento del conde, Armand apareció, aunque no lo hizo solo, el hombre sonriente regresaba con un gesto de tristeza, y con un niño de pocos meses en una portabebés, y aunque lo vieron muy pocos en el pueblo, ya se encargaron de divulgar la noticia y ampliarla. Armand hizo todo lo contrario a lo estaban habituados cada vez que regresaba de sus viajes, en esta ocasión permaneció en su casa, con algunas visitas a la panadería, en tanto que las habladurías corrían de boca en boca y de corrillo en corrillo, las matronas no dudaron en pasear junto a la puerta de la casona de piedra de sillería decorada con el escudo de armas, no lo hacen con ánimo de molestar a Armand, se trata de la curiosidad propia de quienes no disponen de otra noticia para entretenerse mientras realizan sus labores, se corre la voz de que Ricard, el médico, acude todos los días para hablar con el conde, y de ver la evolución del niño que parece tener algún problema con la nutrición.

El paso del tiempo, el niño y las constantes visitas de Ricard dulcifican el carácter de Armand y comienza sus salidas al campo buscando la paz que se fue al fallecer Soleil durante el parto. Este es el motivo principal que le ha hecho permanecer encerrado como un monje de clausura, no se siente con fuerzas para enfrentarse al tan temido encuentro con Giselle, aunque sabe que es inevitable que suceda, y trata de justificarse; «no puedo, o mejor dicho no debo hacerla sufrir más, si es cierto lo que me ha contado Ricard, su mente se ha encerrado y no desea conocer nada que le recuerde a Soleil —suspira hondo y después de pasar los dedos por el pelo y continúa— no sé cómo decirle lo del niño. Esperaré a que la situación sea propicia para decirle que el niño es su nieto.

Pasea lentamente por el estrecho camino entre las filas de plantas de lavanda, deja que sus pensamientos vaguen entre los aromas mientras instintivamente pasa sus dedos por las flores, para llevarlas a la nariz y comprobar por su aroma el momento de maduración en el que se encuentra, como si hablara con los aparceros comenta:

—Ya tenía que estar recolectada esta planta, cada día que pasa perdemos dinero. —Se agacha para recoger un poco de tierra, la huele para comprobar el grado de humedad y dice con decisión— Es hora de hablar con Giselle.

Mientras tanto, mira a la lejanía, las tonalidades de la flor de lavanda se funden como si se convirtiesen en la piel que cubre la tierra sobre la que camina, Solange le sonríe mientras agita una mano en un adiós, su vestido vaporoso se va convirtiendo en calima para desaparecer formando hilachos que se elevan hacia el vacío disolviéndolo en él. Armand agita su mano en respuesta a la despedida de su esposa.

—Ya sé que quieres que hable con tu madre, pero te advierto que lo haré cuando me encuentre preparado, lo haré porque estoy convencido, no porque me lo digas con esa cara de niña buena. ¡Si! No te preocupes le hablaré de los problemas del niño, seguramente que tú madre busca una solución.

Después de conversar con el espíritu de Soleil, Armand sonríe satisfecho, sin apenas proponérselo ha conseguido decir lo que hasta ese momento obstruía su garganta, y le había producido un dolor lacerante en el pecho, impidiéndole respirar con comodidad, lo achaca a presión psicológica debido a no saber cómo debe cuidar de su hijo que se niega a comer y a dormir, y a pesar de que su amigo Ricard trata de que se haga un chequeo para ver cómo se encuentra su corazón, retrasa el momento de los análisis médicos, lo mismo que ha retrasado el momento de encontrarse con Giselle, cada vez que su amigo le hace la propuesta de visitar al cardiólogo, trata de evadirse:

—Cuando vaya a Marsella, pediré cita con el cardiólogo.

El destino es el culpable de que el encuentro con Giselle se produzca de la manera más inesperada, —eso creyó Armand en aquel momento— pero al analizar con más tranquilidad dudó que se tratase de algo fortuito. Hacía años que no la había visto, y se preocupó al encontrarse con una mujer a la que le habían caído de golpe unos cuantos años encima, inesperadamente y como si se hubiera abierto una puerta en el camino, Giselle aparece ante él luciendo una sonrisa, y después de hacer las preguntas pertinentes, mira los campos, y como si hubiera recuperado la cordura pregunta directamente por la manera en que continuarán con el alquiler de las tierras, Armand responde y deriva la conversación hacia el tema que le preocupa:

—No debéis preocuparos por las tierras. Todo sigue como lo acordaron nuestros antepasados. —Piensa un momento como debe abordar el tema que le importa y continúa—Ya sabrás que tengo un niño pequeño, tiene problemas a la hora de aceptar la comida, tú has tenido muchos hijos en tiempos difíciles, estoy preocupado y me gustaría preguntarte qué puedo hacer con él para que no termine contrayendo algún tipo de enfermedad.

—¿Qué dice el médico? O mejor aún, ¿qué dice Madeleine?

Madeleine es su empleada y persona de confianza en los asuntos domésticos, Armand retira el mechón de pelo que le cae sobre la frente, y expulsando el aire con un gesto de impotencia:

—Ha sido ella la que me ha aconsejado que hable contigo, y ha añadido que has hecho de madre hasta para corderos que no podían mamar por no ser aceptados por la suya.

Giselle, lo mira fijamente, y conteniendo las lágrimas le dice:

—Algo había oído, según dicen encontraste a ese niño y te lo trajiste al pueblo para poder criarlo. No voy a hacerte preguntas incómodas, solamente voy a proponerte una solución para el niño.

Las palabras de la mujer lo tranquilizan, logra contener el impulso de abrazarla, porque no quiere crear motivos de crítica, es el nuevo conde, y nadie comprendería que tuviera tanta familiaridad con una persona de un nivel social muy inferior, y que todos conocen que las creencias religiosas no son las aceptadas por la población de Montpubien, y, aun así, da unos pasos hacia Giselle y le dice con ansiedad:

—Dime que tengo que hacer y lo haré.

—Tú no tienes que hacer nada, hace muy poco mi hija menor ha tenido una niña, puede amamantar a dos, ella sería la nodriza de tu hijo, y sé que lo cuidaría como si se tratase de su hijo. Tú eres quien decide si estás de acuerdo.

Armand respira hondo y mira al cielo tratando de hacer partícipe a Soleil de la propuesta de la abuela del niño, todavía sin bautizar, debido a que el padre Pascual a quien acaba de conocer, le ha recomendado que sería mejor que se fortalezca, no desea que el agua bautismal agrave el estado de un niño tan débil. Sin dudarlo acepta la propuesta y a partir de ese momento el pequeño Jean Baptista comienza a pasar horas con su tía Sara, que lo recibe conteniendo sus lágrimas y día a día trata de buscarle parecido a su hermana Soleil suponiendo que el niño es hijo de ella, aunque no tiene pruebas de que sea así, lo acepta como tal y siente alegría al ver como un bebé tan desnutrido acepta su pezón y comienza a succionar hasta quedar dormido, con un hilillo de leche entre los labios. Cada mañana Madeleine lleva el niño para que Sara lo amamante, y siempre encuentra en la casa a Giselle que le recoge al niño con ternura, siendo ella quien se lo entrega a su hija, al caer la tarde es Giselle quien se lo devuelve a Madeleine, con el paso de los días observa que Giselle parece mucho más joven, y hasta se mueve con más soltura, al llegar a casa se lo comenta a Armand que le contesta con rapidez tratando de evitar habladurías:

—Creo que ayudar a su hija con los dos niños hace que recuerde al momento en el que debía cuidar a sus hijos, para ella es bueno ser de utilidad.

El niño va creciendo, y sus pasos torpes se convierten en carreras, el pecho materno —porque así considera a Sara— da paso a las papillas y comidas más aptas para un niño que comienza a valerse por sí mismo, y es el momento en el que

Armand comenzó a hacer viajes de negocios que le obligaron a ausentarse días enteros al principio, hasta ir convirtiéndose en semanas. En esta época Jean Baptista pasaba mucho tiempo con el padre Pascual, y el jovencito que ya tenía diez años decidió que tenía vocación sacerdotal y después de convencer a su padre ingresó en el seminario de misiones de Marsella.

De nuevo dan comienzo los comentarios en los corrillos de mujeres, o en la pequeña tasca de Pierrot, a la que acuden los hombres al final del trabajo diario, también para los aparceros da comienzo a una etapa de dudas, al pensar en que Jean Baptista puede ser sacerdote y Armand continúa sin intención de contraer matrimonio y tener más descendencia, que les diese la seguridad en la continuidad del alquiler de los campos.

Las preocupaciones unen a los vecinos que piensan que de un plumazo el pueblo puede llegar a despoblarse, hasta habían llegado a creer que alguien les había maldecido. En la última década los nacimientos han llegado a descender hasta límites insospechados. Y hasta los más viejos comentan con gesto abatido:

—Los jóvenes de hoy no son como nosotros, nadie quiere tener tantos hijos como antes.

El ingreso de Jean Baptista en el seminario supuso un mazazo para la familia de Giselle, que se había habituado a que apareciese en los momentos más insospechados, unas veces llegaba a la hora de la comida o en momentos en los que le apetecía jugar con Celine, era en esos los momentos en los que Giselle podía observarlos con orgullo, los dos niños llamaban mamá a Sara, y ella se volcaba con el «pobre huérfano» como se ha acostumbrado a llamar a Jean Baptista al encontrarse a solas con Giselle. La ausencia de Jean Baptista hace que la mente de Giselle se oculte en un espacio oscuro, tiene momentos de lucidez y otros de ostracismo en el que espera el regreso de su hija, hasta el punto de dejarle un hueco en la mesa, o dejar comida para cuando regrese del trabajo, y repite sin cesar:

—Volvemos a los momentos de la cruzada, —deja que la vista se pierda en la lejanía y continúa—, a todos se los llevaron por los caminos del monte.

Con el transcurso del tiempo se agrava el estado de Giselle teniendo que estar al cuidado de Celine que trata de que su abuela se mantenga tranquila, leyéndole las noticias, aunque lo que más la cama son algunos pasajes del evangelio de Juan, que extrae del libro que lleva la anciana en su faltriquera.

El tiempo transcurre en las calles de Montpubien, de vez en cuando en las tertulias de invierno o verano, —porque forman parte del ADN de las gentes del pueblo—aparece la historia de la llegada de Armand en un día como aquel, o al ver a un niño jugar con los soldaditos de plomo que salen en los paquetes de café producidos en las posesiones de Angola o cualquier otra de las posesiones francesas en África, finalizando la historia con un:

—¿Con qué nos sorprenderá esta vez el Señor Conde?

A esta pregunta le sigue una carcajada, sirviéndoles como un pequeño relajo para cambiar el tema, aunque el protagonista sea el mismo Armand, y la búsqueda de una mujer adecuada, seguidamente dan un repaso a la lista de muchachas casaderas del pueblo, descartándolas una a una porque a juicio de todas ellas, no sabrían manejar al conde. La que lleva la voz cantante en el grupo, una mujer que va dejando atrás la treintena, hace callar a sus compañeras de treintena y levantándose del asiento hace una observación:

—Esta conversación merece que abramos una botella de ese anisete que guardo como oro en paño desde antes de la guerra, sienta bien para hacer la digestión, y afila la lengua.

Las bromas y carcajadas sabiendo que llega lo mejor de la velada, hacen que el licor de la botella descienda, aportando en contrapartida color a los pómulos de la anfitriona, y calor a sus carnes exuberantes, que le obliga a pasar un pañuelo por sus brazos, y tal vez algo de ligereza a su lengua:

—No le busquéis jovencitas a Armand, ellas no sabrían como retenerlo. Lo que necesita es una mujer que tenga suficiente geografía para que pueda recorrerla.

Mientras habla pasa sus manos por los pechos y las caderas haciendo que el resto ría, hasta hacer que las lágrimas rueden por las mejillas, por el cariz que va tomando la tertulia, todo el grupo se mimetiza con la botella en una regla de tres, a mayor vacío en la botella mayor vacío en las normas sociales y los impedimentos predicados por el padre Pascual.

La imaginación vuela y cada una de ellas sueña con una noche —al menos una— de pasión en compañía de Armand, casadas solteras o viudas, tienen derecho a ese momento de expansión, que como cada una de ellas dice:

—No hacemos mal a nadie.

Después de decirlo recuerdan los sermones dominicales del párroco, ninguna de ellas comprende sus palabras machaconas, y que no deja de repetir en el confesionario:

—Se peca por acción o por omisión. Tenedlo presente.

En medio de la algarabía formada debido al esfuerzo de cada una tratando de hacer saber a las demás el contenido de sus pensamientos, Adele —la más joven—, eleva la voz para hacerse oír intenta relatar esos pensamientos, provocados por el exceso de hormonas propias de la edad, sus compañeras ríen y gritan para evitar que hable, es demasiado joven para que les cuente algo que pueda mantener su interés durante un buen rato:

—Ya sabes lo que dice el padre Pascual. La omisión también es pecado, es mejor que no peques.

Las carcajadas forman un coro, hasta que Adele les grita levantando una mano para conseguir silencio:

—Soy inocente del pecado de omisión, pero no lo soy del de acción. ¿Nadie se ha fijado en Antoine el panadero?

Un silencio sepulcral sigue a las palabras de la joven, el resto de las mujeres la miran tratando de averiguar qué hay de verdad en la afirmación, dando paso un incesante disparo de preguntas, a las que no obtienen la respuesta deseada al hacer su aparición Marie, llenando el espacio al mover sus brazos en un sinfín de aspavientos, tratando de hablar apresuradamente:

—Acabo de ver a Armand entrar en su casa acompañado por una mujer— y sin permitirles accionar continúa —¡Menuda mujer!

La noticia cae en el grupo como una bomba, Marie viven en la casa que linda con la de Armand, y si ella dice que lo ha visto con una mujer que merece el título de noticiable, ninguna de las componentes del grupo se atrevería a negarlo, aunque nada está libre se confirmación, y se disponen a hacerlo de inmediato, los vasos de anisete que dan sobre la mesa acompañando a una botella ya medio vacía, y en un momento la casa queda en silencio, las mujeres salen a la calle a la caza de esas últimas pruebas para disponer de «material» con el que unir a los próximos comentarios en los corrillos que se irán formando en la plaza, la noticia hace olvidar lo que ha dejado entrever Adele sobre Antoine, panadero, alcalde y sobre todo amigo de Armand.

MADAME DE LA ROCHE

El regreso de Armand produjo una revolución entre las mujeres que seguían manteniendo alguna esperanza, de que el atractivo y veterano conde, se fijase en alguna de ellas para elegir a la siguiente condesa de la Roche. Lo que pudo ser una noticia alegre, se convirtió en un verdadero escándalo — eso sí, de manera subterránea— al verlo aparecer en compañía de una mujer, este simple hecho, —algo sin importancia aparente—hace que se convierta en la noticia más comentada en los corrillos de Montpubien, no ha existido otra noticia de ese calibre desde que los más viejos del lugar recuerdan. Todos los habitantes del pequeño pueblo conocen a Armand y saben de sus rarezas, vive él solo —aunque eso de solo es un decir—porque tiene a su servicio un matrimonio, que son una institución en la casa de los condes de la Roche, se encargan de realizar las labores domésticas, y como suele suceder en estos casos son ellos los encargados de dirigir con mano férrea el gobierno de la antigua casona. He dicho que «vivía» solo, recalcó la palabra vivía porque es pasado, es decir vivía a su libre albedrío, hasta que ha aparecido en compañía de Madame de La Roche, como Armand prefiere que la llamen en el pueblo. Nadie de Montpubien conoce a la tal Madame de la Roche, es la primera vez que visita el pueblo, y al parecer lo hace para quedarse, los pocos hombres con los que ha hablado, hasta el momento, cuentan a todo aquel que está dispuesto a escuchar, que se trata de una joven agradable y desinhibida. En cambio, las mujeres que se han hecho las encontradizas son mucho más exigentes, no se fían de su aparente amabilidad, y han repasado cada centímetro de su cuerpo, o, mejor dicho, de su vestuario, y hay quien se dedica a vaticinar:

—Ya se sabe cómo son estas jóvenes de ciudad, un pueblo como este es poco para ellas, no tardará mucho en marcharse.

Otras peor intencionadas, plantean dudas a ese vaticinio:

—Es posible que Montpubien sea poco para ella, pero... ¿será poco la fortuna de Armand? No tardará mucho en hacernos ver que es la condesita.

Esta última palabra la pronuncian con desdén, todas ellas tienen la convicción de que se trata de una impostora, además no creen que Armand se haya casado, están convencidas de que no es de los que pasan por el altar. Su nombre de pila es Rose, pero como dijo Armand conocedor de las gentes de su pueblo:

—Es mejor que se dirijan a ti con respeto, y si quieren criticar que lo hagan en sus tertulias.

Todo esto le resulta cómico a Rose, ya nada le parece extraño pensando en la especie de pacto que hizo con Armand al casarse con él. Su vida en el pueblo es sencilla, trata de acercarse a sus convecinos sin mucha suerte, a pesar de ese muro de contención creado en su mayoría por las mujeres, se limita a realizar paseos tratando de hacerse ver y conocer las actividades del lugar, los domingos y festivos acude a la misa que oficia el padre Pascual, y como si se tratase de un circo de tres pistas todos los vecinos se congregan en los puntos estratégicos de la plaza para verla pasar, por la improvisada pasarela—y no les defrauda—, lo hace subida a sus zapatos de tacón tipo lapicero, con su contoneo de caderas, arriesgando su seguridad en un constante equilibrio inestable, ejercita un provocativo bamboleo de la falda de tablas, en la que la modista de Paris ha realizado un trabajo excelente, casando los cuadros que alternan el blanco y el negro en un minúsculo punto conjugando los opuestos para generar una pintura de op-art en movimiento, acompaña a este bamboleo de falda, con un tic, toc, tac, al pisar con el tacón sobre la tarima de pino del suelo de la iglesia como si se tratase de las baquetas de una batería de música, atrayendo las miradas de las beatas que se santiguan como si Madame de la Roche fuese la misma encarnación del maligno, esta continúa su camino sin hacer caso de la gente, hasta llegar a su reclinatorio en el altar del santo patrón San Miguel. Como si se tratase de una obra de teatro, unos minutos después hace su aparición en escena Armand, saluda a izquierda y derecha con su sonrisa más cautivadora, consciente de que las mismas beatas que un momento antes se han santiguado, debido al movimiento de la condesa, son las mismas que cuchichean entre sí dirigiéndole una mirada aviesa, por haberse «encamado» con una extraña, en vez de elegir una mujer más recatada sin tener que salir de Montpubien para ir a buscarla a esos mundos del demonio.

Todas ellas se sienten arropadas por el padre Pascual, se dirigen miradas cómplices mientras que el sacerdote se dedica a lanzar diatribas contra las fuerzas del mal encaramado en el púlpito, su pequeña estatura parece incrementarse en un palmo colocándose de punteras mientras se aferra al pasamanos de madera, haciendo que su audiencia suspire, unos con fervor visualizando legiones de ángeles con espada flamígera en la mano descendiendo del cielo, y otros, con hastío pensando que esos sermones son excesivamente largos y de poco provecho, y por si fuera poco, les resta tiempo para una partida de petanca. Sin habérselo propuesto, la joven Madame de La Roche no deja a nadie indiferente, al finalizar la misa pasa por delante de dos mujeres entradas en años y escucha parte de lo que dicen:

—Que la dejen tranquila, no hace daño a nadie.

La contestación de la otra mujer es inmediata:

—De lo suyo gasta.

Rose las mira sonriendo y les sonríe en un gesto de agradecimiento, se detiene un momento para retirar el alfiler de cabeza gruesa de nácar que sujeta el velo de tul, y después de doblarlo con coquetería mira a un grupo de hombres que la observan embobados, ella les sonríe y haciendo un mohín con los labios y se dirige a la salida de la iglesia, que se convierte en un espectáculo, sus zapatos más propios de una gran ciudad que de un pueblo en el que se puede encontrar en la calle un montoncito de boñigas de vaca, u otro tipo de excremento de cualquier animal, al paso de Rose toda la población masculina dirige sus miradas a sus medias negras, la costura de estas prendas, marca una línea recta, que divide la parte posterior de sus largas piernas, hasta que se pierden por debajo del borde del encaje lascivo de su combinación de nylon.

La envidia se generaliza haciéndose visible en toda la plaza, generada por las mujeres, aunque tiene su origen en la ropa y en la figura de Madame de la Roche, la generada por los hombres va dirigida a Armand debido a que tiene a su lado una mujer deseada por todos los de su especie, sus mentes generan imágenes que para ellos no son tan solo una ilusión placentera, permitiéndoles adentrarse por un mundo irreal como si fuesen actores de una de esas películas americanas que tan poco aprecia el padre Pascual, lo malo de esa representación es que a Madame de la Roche solamente la ven pasar durante un instante desplegando una ola de aroma de lavanda, tan reconocible para todos ellos introduciéndose por los agujeros nasales para aparcar de manera persistente en el cerebro. Además de mantenerla en el pensamiento aparece una pregunta que les roba el sueño a todos ellos. ¿Quién es Madame de La Roche?

Todo son conjeturas, pero en realidad nadie conoce su origen ni tan siquiera si ha venido dispuesta a quedarse o cuánto tiempo permanecerá en el pueblo.

Solo saben que ha aparecido de improviso en Montpubien, en compañía de Armand de La Roche, «el Señor Conde» como le llaman sus aparceros, o simplemente Armand como le gusta que le llamen los clientes de la taberna se Pierrot. Armand es un hombre de edad indeterminada, alto y delgado, su pelo ya blanco con alguna hebra gris en los costados, hace que las mujeres suspiren cuando pasan a su lado, y hasta hay quien habla de lo que sintió al sentirse rodeada por sus brazos en la sala de baile durante las fiestas del pueblo, la única verdad es que las solteras disponibles no se preocupan por la edad de Armand, les basta con fijarse en su sonrisa cautivadora y en sus ojos grises cuya mirada da la sensación de desnudarlas elevando la temperatura del cuerpo, según cuentan las mujeres de más edad, haciendo memoria ayudadas por los dedos para contar las décadas, creen que debe andar por la setentena — apetecido por las solteronas del pueblo— acaba de regresar de un viaje a Paris, para llevar a cabo alguno de esos negocios, tan desconocidos en el pueblo, como lo es la procedencia de la joven que ha venido con Armand procedente de la gran ciudad, es decir de Paris, como lo creen las mujeres que tratan de ridiculizarla hablando con los dientes prietos en sus charlas y critiqueos:

—No sé de dónde la habrá sacado Armand, pero lo que sí sé es que con esos zapatos estaría mucho mejor paseando en la Plaza Pigalle que en las calles empedradas de Montpubien.

Las risas y las expresiones obscenas se disparan al escuchar la referencia al barrio rojo de Paris, entre risas de placer comienzan a hacer referencia a las «damas de la calle» metiendo a la forastera en ese grupo tan denostado. Por aquellos días, unas decían que era su querida, otras que se parecía a una novia que tuvo Armand, y hasta le encontraban cierto parecido con él, tratando de justificar la teoría de que podría tratarse de una hija secreta, y que, como tal, nadie sabía nada de ella. Si digo que eran las mujeres las que hablaban de la joven, es porque los hombres se preocupan de mirar otras cosas más visibles. No se puede decir que sea una belleza, pero si le preguntas a cualquier hombre del pueblo con más de catorce años, te dirán que tiene un «no sé qué» que les hace desear abrazarla, mientras imaginan su cuerpo sin ropa.

A falta de otras preocupaciones, toda la comunidad continúa con las conjeturas, llegando a hacer «porras» en la que el premio es mediante el sorteo de una oca bien alimentada con habas secas, al módico precio de un franco por la participación, y tener opción a disfrutar de la palmípeda con un puré de castañas en las próximas navidades hasta que al amanecer de un día como otro cualquiera, las vecinas de Armand se asoman a las ventanas al oír el ajetreo que se está formando en la calle a horas tan intempestivas, el médico, la sirena del único coche de la policía, el cura y por último el juez, desfilan por la puerta de la casa, hasta que Marie, la vecina más cercana que se esfuerza a mirar a través del visillo de la ventana, se decide a salir de su casa abrochándose la bata acolchada, que según le había dicho el dueño de la pequeña tienda de mercería *«La Maison de Couture»* se trataba de la última moda traída de Paris. Lo del nombrecito le importaba muy poco a Marie, le importaba mucho más el tacto suave de la prenda que le aporta calor al levantarse de la cama de madrugada, al oír el ajetreo formado, Marie sale a la calle ajustándose el cinturón de la bata, que todavía mantiene la entereza propia de las telas nuevas y acercándose al médico que se le acerca con gesto sombrío y le dice antes de que la mujer le pregunte, en un intento por evitar los preámbulos a los que tan aficionadla es la mujer:

—Armand ha fallecido.

La inesperada noticia causa estupor en Maríe, aunque la curiosidad hace que se reponga con mayor rapidez de la que hubiera sido habitual en un caso como ese.

—¿Cómo ha sido? — Pregunta Marie colocándose una mano en la boca para no permitir que salga por ella la palabra fatídica, mira a un lado y al otro como si intentase descubrir a la temida «dama» que se niega a nombrar, abrigándose con fuerza para no sentir el soplo gélido de la muerte, espera con impaciencia la respuesta del médico:

—De exceso de amor.

La seriedad unida a la respuesta lacónica del doctor, hace que Marie no se atreva a seguir preguntándole, y comience a recordar aquellos extraños rugidos que escuchaba a través del conducto de aireación en la pared que separa desde antiguo a las dos viviendas, y que a algún albañil caprichoso se le ocurrió hacer coincidir los dos dormitorios, recuerda también como aquellos gritos y lamentos activaban la lívido de Martin —su esposo— que al dejarse llevar por unos «caprichos» un tanto extravagantes, impedía que escuchase lo que estaba sucediendo al otro lado de la pared, al recordarlo coloca una mano sobre su vientre para sentir el golpe del hijo tan esperado, el golpe del feto le hace comprender el motivo por el que su esposo se ha estado comportando de manera tan fogosa, retira la mano del vientre de forma airada, siente como un enfado creciente asciende desde la parte inferior del vientre, y se siente engañada, Martín no lo hacía excitado por «frufrú» del tacto de la bata —como había creído ella— lo que excitaba a Martin eran los gemidos, su pensamiento voló haciendo que la ira le obligase a pronunciar unas palabras entre dientes sintiéndose engañada, aunque no sin algo de nostalgia:

—Muerto el perro se acabó la rabia.

—¿Decía usted algo? —Pregunta el galeno dudando haber escuchado correctamente.

—No... nada. Pobre Jean Baptista.

El médico deja que su mirada se pierda en el vacío, dejando que surjan los recuerdos, no ha visto al joven desde hace algo más de un año, asiente con la cabeza, y chascando la lengua responde a la mujer con cierta duda de que el joven hijo de Armand sea precisamente pobre, y piensa que conociendo a Armand y sus planes, es posible que después del entierro, Jean Baptista no regrese al seminario, y aunque tenga que compartir con su madrastra, todas las posesiones, heredará los campos de lavanda que al año le suponen un buen beneficio, y el resto de negocios. En vez de manifestar lo que le dicen sus pensamientos, lo hace de acuerdo con lo que espera oír la veterana beata, que lo mira atentamente estudiando las reacciones de su rostro:

—El destino del pobre chico está en manos de Dios

—Y en las del padre Pascual—dice sarcástica Marie, mientras se santigua cambiando de conversación — me figuro que ahora esa mujer se irá de la casa y de Montpubien.

La manera en la que Marie pronuncia «esa mujer» al referirse a Madame de la Roche hace sonreír a Ricard, y procurando no decir una grosería, espera un poco para buscar las palabras adecuadas, mueve la cabeza para darle a su interlocutora una sensación de incertidumbre, responde luciendo una sonrisa:

—Pues creo que no, esa mujer nos ha sorprendido a todos mostrándonos la partida de matrimonio expedida en Aviñón el año pasado.

La noticia del matrimonio de su vecino, pilla por sorpresa a Marie, su mente se encuentra desorientada, se trata de una noticia que no puede dejar de compartir, necesita contársela a todas sus amigas, se muerde los labios porque todavía quedan dos horas para que dé comienzo la primera misa, en la que suelen reunirse todas ellas, piensa que a esta hora Martin estará desayunando. Frunce el ceño al pensar en su marido, tiene prisa por despedirse del médico que la mira sorprendido del cambio de aptitud en la mujer, a quien no le da tiempo de despedirse, y aun así le grita:

—Ve con Dios Marie, yo iré a ver si me ha preparado un buen desayuno la Gloria.

El médico sonríe debido a la manera en la que su mente ha asociado a Dios con Gloria, mientras tanto observa las prisas de Marie que sujeta su coronada cabeza por los rulos usados para mantener rizado su pelo durante la noche, recubiertos por una especie de funda o gorrito de gasa, su trabajo le ha enseñado a observar y las tertulias en el *«Pierrot»* —la pequeña tasca a la que acuden todos los hombres del pueblo a tomar un *pastiche* con su parte de agua como marca la tradición, uniendo las dos informaciones descubre algo que le había pasado desapercibido hasta ese momento, acelera el paso y golpeando con la palma de la mano en la pierna, y murmura:

—¡*Mon Dieu*! ¡Así que la causante de los extraños embarazos es la señora de la Roche!

La satisfacción por haber descubierto el misterio de los embarazos que tanto les había intrigado, y al decir que les había intrigado, se refiere al párroco al alcalde y a él mismo, Ricard el médico, siempre se había preciado de ser un hombre frío, por su trabajo como médico de pueblo, donde debía echar mano de los conocimientos básicos de distintas especialidades, había tenido que ver cuerpos de todo tipo, vestidos y desnudos de mujeres y de hombres, realiza exploraciones y ve esos cuerpos desde su mirada profesional, pero al recordar a la señora de La Roche, sus pechos apuntando hacia el frente y su estrecha cintura que realzan las curvas de sus caderas, algo sube por su vientre para alojarse en la garganta impidiéndole respirar con comodidad, el calor asciende hasta las sienes y nota las palmas de las manos sudorosas, resopla al recordar esa primera vez que la vio, y recuerda el movimiento cadencioso de las caderas, reconoce que no posee los rasgos de una belleza clásica, pero cada uno de esos rasgos en sí mismo imperfectos, están repartidos con tanta armonía en su rostro, que le hizo decir a su amigo Armand en un momento que se encontraron a solas:

—Es la fea más guapa que he tenido el gusto de conocer.

Este comentario hizo reír a su amigo que dijo de un tirón:

—Lo sé, pero el gusto es el mío, y me he casado con ella. No comentes nada en el pueblo.

Conociendo a Armand, recuerda que no le extrañó la noticia, si es cierto que se puso rojo debido a que Armand se había dado cuenta de cómo miraba a la joven, a él mismo esa noticia le dio material suficiente para reír pensando en las habladurías de la las gentes de Montpubien. Deja de sonreír para recordar que tuvo que contener la hilaridad para responder:

—Tal cómo es la gente de este pueblo, no tardarán en surgir las habladurías.

—Nos gusta jugar, y ver esta incertidumbre en la gente, es morboso. —Dijo Armand con su sonrisa traviesa.

—Ya sabes que no puedes hacer esfuerzos. —Dice Ricard.

Una fuerte carcajada resuena en la casona, rebotando en las paredes de piedra creando un coro de voces que da la sensación de que la casa se encuentra habitada por una legión de espíritus, al recordarlo Ricard, se le eriza el vello, y comenta en voz baja mientras abre la puerta de su casa:

—Se de que has muerto, y creo que conozco el motivo por el que no has querido permanecer en este mundo.

Se sorprende al darse cuenta de que ha sido esta misma noche en la que ha recibido la llamada de emergencia de la esposa de su amigo, ha fallecido Armand y no puede estar triste, reconoce que ha vivido como él ha querido. Lo hizo cuando sin decir nada a nadie, un buen día apareció con Jean Baptista —casi recién nacido— en los brazos, no hubo explicaciones, ni nadie se las pidió, quedando sin saber quién es su madre, a él le pidió que fuese el padrino del niño, proposición que aceptó sin dudarlo, transcurrieron los años y el padre Pascual se encargó de convencer al chico de que tenía vocación para ser sacerdote, y el jovencito Jean Baptista, tal vez ansiando vivir algo distinto ingresó en el seminario misionero de Marsella. Otro buen día de hace tan solo un año, Armand apareció de nuevo con una sorpresa en forma de esposa, causando la extrañeza de todos los convecinos, aunque nadie de todo ellos se atrevió a sospechar la existencia de unos documentos legales avalando la unión, Ricard sonríe al reconocer su sorpresa, al recibir el telegrama con una invitación muy particular a la boda civil que se celebraría en Marsella, pidiéndole que fuese testigo junto a Jean Baptista, al llegar a este punto en los recuerdos se detiene ante la puerta de su casa y comienza a rebobinar lo sucedido durante la celebración de la boda.

Armand sonreía satisfecho, en ese momento supuso que su amigo sonreía por el hecho de haberse casado con una jovencita que llamaba la atención por donde pasaba, recuerda el semblante serio de Jean Baptista, que supuso también que no le agradaba la unión de su padre debido a la diferencia de edad, se rasca la cabeza y piensa; ¿y si era otro el motivo?

No desea enredar su mente creando conjeturas sin motivos fundados, busca la llave en un bolsillo de la cartera donde lleva el instrumental médico y, empuja la puerta que cede con un chirrido producido por el roce entre dos maderas, un suspiro del médico reconociendo que tendrá que avisar al carpintero para que cepille la parte inferior del marco de la puerta, extrañado por el silencio, dice en voz alta:

—¡Gloria, ya estoy en casa!

Un ladrido de alegría recibe al médico que sonríe, y se dirige al pequeño patio para abrir la puerta a un «*frenchie*» hembra, blanco con manchas negras salta alborozada al ver a su amo. Para este es el momento de lamentar no haber sabido convencer a su amigo para que acudiese a la consulta del cardiólogo, se dirige a la alacena para coger un vaso y una botella forrada de rafia de un Chartreuse añejo que lo tiene para las ocasiones, llena el vaso y elevándolo hasta los labios lo besa y brinda:

—Va por ti amigo, hasta que volvamos a encontrarnos.

Después de beber, chasca los labios y acaricia a su perra que gime como si comprendiera la tristeza de su amo.

JEAN BAPTISTA

El pequeño Renault 4CV de color verde, acaba de llegar a la plaza
de Montpubien, y debido a lo temprano de la hora, se encuentra
sin el bullicio de los jueves que es el día de mercadillo, en el que
los vendedores vocean sus productos para atraer a los posibles
compradores. Los chiquillos pasan cabizbajos, los más traviesos
se dedican a gastar bromas que molestan al resto que miran de
reojo a las madres que los vigilan para que no se pierdan por
alguna callejuela, mientras se dirigen a la escuela de primeras
letras que se encuentra unas calles más abajo, dos operarios
municipales son los únicos que se afanan en levantar los
tenderetes, para el día siguiente y se mueven de un lado a otro
alterando el silencio de la mañana entre voces y algún martillazo
en las cuñas que sujetan los pilares de madera, el conductor del
vehículo aparca delante de la puerta de la casa de Marie, se trata
de la última casa junto a la plaza, provista de soportales con
bancos adosados a la pared, fabricada con ladrillo que forma
figuras geométricas resaltadas. En el pueblo la llaman la casa
de la reina mora, y según dicen vivió en ella una mujer de gran
belleza traída de Tierra Santa por el primer conde, a su regreso
de las cruzadas. la casa de al lado es mucho más majestuosa,
sus paredes de piedra de sillería han sido unidas en parte, por
mampostería para darle un estilo más modernista, en realidad
ambas casas pertenecieron al mismo conjunto y eran propiedad
del conde de la Roche hasta que Armand vendió la casa de la
reina mora a Martin, después de una noche de juerga en la que

el vino y otros licores, junto a la insistencia de Martín cansado de escuchar a Marie su esposa la misma cantinela, tuvieron la culpa para que se produjese la transacción.

Los martillazos de los operarios, y las voces de los niños acudiendo al colegio hacen que Marie se despierte de mal humor, después de pasar una noche un tanto desazonada, debido a su embarazo, el enfado se convierte en curiosidad al escuchar el chirrido de los frenos de un vehículo, piensa que no se trata del coche de los condes, y mucho menos de un tractor o de una motocicleta, olvidando lo avanzado de la gestación, salta de la cama sujetando su barriga que ha crecido mucho últimamente, y trata de enterarse a través de la ventana, necesita ver más, y ni corta ni perezosa abre con rapidez ventana y contraventana, para ver que por la puerta del conductor del vehículo, sale con bastante dificultad un sacerdote rechoncho, para Marie es una novedad ver a un sacerdote desconocido llegar a esas horas, durante la noche ha oído llegar gente a casa de Armand y ha supuesto que han acudido al velatorio, no le hubiera causado asombro que hubiese acudido el párroco, la curiosidad le dice que necesita saber quién es ese cura gordo que acaba de llegar, sin pensarlo dos veces, saca medio cuerpo por el alféizar de la ventana, agarrándose a la contraventana de color azul, para poder ver bien al recién llegado sin darse cuenta de que se encuentra con la ropa interior a medio poner, en el mismo momento en el que el sacerdote acaba de colocarse la «teja» haciendo que el ala de esa especie de sombrero cubra la cara del religioso, del que solo vislumbra una especie de babero blanco bien almidonado y su prominente barriga en la que apoya una mano rechoncha, que eleva la parte inferior de la sotana, y dirigiéndose hacia la portezuela del copiloto increpando a su compañero de viaje con voz atiplada:

—Vamos chico date más prisa, que te espera el padre Pascual para iniciar los responsos por el eterno descanso de tu padre.

Marie escucha lo que acaba de decir el sacerdote, se asoma un poco más por la ventana para ver saciada su curiosidad, al ver apearse del vehículo a un joven delgado, que nada más poner los pies en el suelo de la plaza, da la sensación de desenroscarse debido a su altura, Marie cree conocerlo, lo mira con curiosidad, tratando de hacer memoria para reconocerlo, a pesar del cambio experimentado, al verlo mirar hacia la casa reconoce a Jean Baptista, el hijo del fallecido, y sin poder contenerse, grita alborozada:

—Jotabe, ¡cómo has cambiado!

Hace ya cerca de dos años que a «Jotabe» —como le llamaba burlonamente Armand, debido a la estatura y delgadez del chico, haciendo referencia a una conocida marca de «*whisky*»—, no se le ha visto por el pueblo, la ausencia de su padre debido a sus negocios, le ha hecho decidir quedarse en el seminario durante las vacaciones, ya no usa pantalón corto como la última vez que lo vio, y al comprobar este detalle, Marie se asoma un poco más por la ventana para ver al chico con mayor claridad, mostrando una buena porción de sus blancos y sonrosados pechos más abultados debido a su estado, haciendo que el padre Raimundo, se santigüe y sujete la «teja» que está a punto de caérsele —pudo deberse al susto de creer que Marie se caería desde la ventana, o por tratar de ver mejor las «redondeces» de la mujer—dejando al descubierto su sudorosa calva, por la que pasa un pañuelo mientras masculla una especie de latinajos:

—*¡Chafatus est in cazónibus nostris!*

Una estentórea carcajada de Jean Baptista, debida a la frase que acaba de decir el padre Raimundo en un pseudo latín, de dudosa traducción literal, — aunque se trata de una expresión muy comprensible para los alumnos de canto, que asisten al coro bajo la dirección del sacerdote— resuena en el silencio de la mañana, haciendo que Jean Baptista tenga que escuchar la reprimenda de su preceptor, que eleva las manos hacia el cielo para hacerle recapacitar:

—¡Por Dios muchacho! Deja de reír de esa manera, acaba de morir tu padre y deberías estar rezando por la salvación de su alma, que según tengo entendido le hacen mucha más falta tus oraciones que tus risas.

La reprimenda del cura corta de raíz la carcajada del joven que trata de disimular mira hacia la ventana del piso superior asombrado ante el paisaje que muestra su vecina Marie, que se aferra al alféizar en un intento desesperado por mantenerse en un equilibrio inestable, durante un momento parece que puede caer y extiende un brazo en un «aleteo» desesperado, logrando aferrarse a una de las portezuelas de la contraventana, con las manos en la cabeza, Jean Baptista no se da cuenta de que sale Martin de la casa, y al ver la mirada insistente del joven la sigue para ver a su esposa saliéndose por el escote del camisón, con el consiguiente peligro de caer a la calle, como si se tratase de algo normal, Martín le grita ahogando una carcajada:

—Ten cuidado, no sea que te acatarres, y en tu estado puede ser peligroso.

El padre Raimundo se ruboriza, siente que lo ha descubierto Martin, pero le mortifica mucho más que no ha sabido contener el impulso pecaminoso, desde que era seminarista no puede dominar el deseo de la carne, aprieta los puños hasta sentir que las uñas que mantiene ligeramente más largas se clavan en la palma de sus manos, y mentalmente murmura:

—Señor perdona a tu siervo, por no saber contenerme de las tentaciones del maligno en forma de mujer.

Enfadado por no haber sabido disimular sus instintos ante la visión de unos pechos tan exuberantes, dirige su ira hacia el joven alumno, que lo mira con una sonrisa socarrona sin darse cuenta de que el sacerdote se encamina hacia él furioso, y en un arranque de ira, da un golpe a la mano que el joven mantiene en el bolsillo del pantalón, y le advierte:

—Saca esa mano del bolsillo, que además de pecar contra el sexto y noveno mandamientos, puedes quedarte ciego, recuerda que debes confesarlo.

—Déjelo padre, todos tenemos derecho a una mirada. Pero solo a una mirada ¡Eh! —Dice Martin riendo al ver el sonrojo del cura que incrementa las pequeñas venas moradas de sus pómulos, debido a su afición por el elixir de Noe.

—Creo que no es momento de cháchara, debemos presentar nuestros respetos a la viuda y orar ante el cuerpo de tu padre. Hablaré con el notario para que acelere la lectura del testamento para poder regresar al seminario. —Dice el padre Raimundo que, debido a su puesto de ecónomo del seminario, desea saber lo que le ha legado a su pupilo.

El sonido producido al cerrarse de golpe la ventana por la que se ha asomado Marie, precede al chirrido de la vieja falleba, al padre Raimundo se le antoja que se trata de la risa burlona de un demonio que trata de llevarlo hasta sus dominios en el infierno, sin poder contenerse dirige una última mirada hacia ese lugar de perdición, todavía puede ver una mano de mujer corriendo los visillos, pero los generosos atributos femeninos, solamente se encuentran en la mente del ecónomo, y sin mediar más palabras, introduce su mano en el falso bolsillo de la sotana sintiendo el calor de aquella maldita parte de su cuerpo que pide ser acariciada para descargar el germen del pecado, mira a sus dos acompañantes y al ver la mirada acusadora del joven Jean Baptista, el ecónomo saca su mano del bolsillo dirigiéndose en silencio a la casa del fallecido Armand. Se detienen junto a un grupo de vecinos que se acercan a la casa del fallecido para esperar a la salida del féretro para recorrer el trayecto en procesión hasta la iglesia al escuchar el tintineo de una campanilla que se incrementa al ir acercándose a la casa del fallecido, un monaguillo revestido de hábito negro con *«roquete»* blanco de una tela de batista de poca calidad, abre la marcha al padre Pascual, tocado con un bonete negro que sustituye a su tradicional boina de vuelo amplio, manufacturada por Elosegui de Tolosa, al otro lado de los Pirineos, el sacerdote al ver a Jean Baptista junto a su tutor en el seminario, se siente aliviado y entona un *«Tedeum»* asombrando al padre Raimundo que se quita la «teja» enfadado, dejando marcada en la frente una franja rojiza, producida por el contrafuerte de badana, que esperaba escuchar un simple memento de difuntos, en vez de un canto de alabanza, más propio de la Navidad, el padre Raimundo siente cómo se apodera de él la ira, ante una ceremonia que no se ajusta al rigor con se debe practicar la liturgia, se adelanta y colocándose en el centro de la calle, se pone de punteras para dar la sensación de tener más altura y aletea con sus brazos interrumpiendo el desaguisado:

—¡Se trata de un entierro! Pero hombre por Dios, no sea usted pollino.

El nuevo objetivo para descargar el enfado del ecónomo del seminario hace reír a Jean Baptista que conoce la costumbre del padre Raimundo de distribuir su enojo entre varias víctimas, y observa al párroco que rojo de vergüenza por la reprimenda no ha reparado de su presencia, pero sabe que tendrá un buen razonamiento para exculparse:

—No he podido reprimirme padre, me he puesto muy contento al ver al niño y a su paternidad, él heredará una buena fortuna, y necesitamos arreglar la techumbre de la iglesia. — Dice el padre Pascual teniendo en cuenta que Jean Baptista será sacerdote en unos años, y debe hacer voto de pobreza.

—Modérese padre—, dice el ecónomo— es el obispado quien debe cubrir las necesidades de la parroquia. El seminario se abastece de fondos gracias a lo aportado por los seminaristas, y en mayor cuantía a sus beneficiarios, y a mi pobre entender creo que es a mí a quien corresponde administrar esa herencia.

La explicación del padre Raimundo no convence al párroco que se cree con el «derecho de pernada» por el hecho de ser la máxima autoridad eclesiástica en esa parroquia de la que es feligrés el fallecido, o mejor dicho lo era. Después de dirimir durante un buen rato sobre los derechos de la herencia, ambos sacerdotes miran a Jean Baptista que no da muestra de haberse enterado del interés de los dos religiosos por la herencia que le corresponda por el fallecimiento de su padre, y sin mediar palabra los deja enfrascados en su absurda conversación, para dirigirse hasta la que es la casa familiar, necesita conocer los motivos de la muerte de Armand —como lo llama desde que comenzó a balbucear— y saludar a Rose, a la que no ha visto desde hace ya un año, y a pesar de que solo fue durante una semana, no la ha podido olvidar, recuerda el día que se celebró el matrimonio civil de su padre, no puso objeción por no haberlo hecho por la iglesia, le agradó ver lo ilusionados que estaban al indicar esa nueva etapa de su vida, y tiene que apartar de su mente otro sentimiento contradictorio que en su fuero interno se niega a pronunciar, pero que la razón le dice que son celos, aviva el paso y dice entre dientes:

—No debo pensar en ella, sería un incesto.

Siente alivio al llegar a casa y ver que el temido encuentro con la esposa de su padre, se produce en una sala amplia de la casa junto a otras personas, utilizada desde antiguo para las grandes celebraciones, y en este momento se encuentra llena de las gentes que acuden a dar las condolencias a la familia y la despedida al que acaba de fallecer, no comprenden el interés del joven por quedarse a solas con el cadáver, pero nadie protesta, porque a fin de cuentas se trata del próximo conde, el dueño de todas las posesiones. Solo los más allegados comprenden el motivo no es otro que su timidez, al encontrarse con tantas personas, el joven se siente abrumado, no le gusta tanto abrazo y tanto cumplido, piensa que su padre ha vivido como le ha venido en gana, escuchando las constantes críticas de quienes hoy lo alaban y no cesan de contar lo bueno que era, mientras se encontraba en el mundo de los vivos, mira el rostro sonriente, la piel curtida por el viento y como si se encontrase con vida, comienza a hablarle:

—Hola padre, hoy no tengo ganas de llamarte Armand, por fin has conseguido que todo el pueblo hable bien de ti, aunque solamente sea durante un día...

Al llegar a este punto calla, y se coloca la mano en la cabeza, culpándose de un despiste, debido a su dolor —hasta ahora reprimido— por la muerte de su padre, se ha olvidado de saludar a Rose, la viuda, la actual y única Madame de la Roche. Un pequeño pinchazo en el corazón le hace erguirse con un rictus de amargura al pensar que no sabe con certeza quién fue su madre, trata de esconder este sentimiento, y su mente salta a ese otro sentimiento extraño que lo que lo silencia porque lo altera al pensar en Rose, trata de evitar que nazca una semilla de esperanza y le haga perder la compostura ante el cadáver, no es momento de soñar, se dirige hacia el féretro deseando ser escuchado por su padre:

—Nunca me dijiste quién es mi madre, o si está viva, o si ya es tarde para que puedas decírmelo. — Guarda un momento de silencio para continuar con un reproche— Aún ahora continúas haciendo que bailemos según tu música.

De pie, solo en la habitación, reprochando el comportamiento de su padre, su estatura aumenta unos centímetros, continúa viendo una sonrisa dibujada en el rostro de del muerto, como si se burlase del mundo, tal vez sea feliz ahora que está muerto, piensa Jean Baptista y sonríe también, dejando constancia de su sonrisa en el espejo, imagen que pasa desapercibida para el joven, pero no para la persona que acaba de entrar que comenta mientras lo observa apoyada en la puerta:

—Te pareces a él, tienes su misma sonrisa.

La voz de mujer sobresalta a Jean Baptista creyendo que se encuentra solo, abstraído en su conversación no ha oído abrirse la puerta, mira a la mujer y la timidez regresa, sus mejillas se tiñen de un suave color sonrosado, pasando a ser nuevamente el jovencito desgarbado, e inseguro del día de la boda, el aroma de lavanda que envuelve a la recién llegada, aviva los recuerdos de aquella ceremonia, a la que asistió en calidad de testigo, un temblor que comienza en el bajo vientre recorre todo su cuerpo, despertando los sentimientos que hasta ese momento había creído prohibidos, mira a su padre, y se tranquiliza al ver que permanece con los ojos cerrados, sus manos cruzadas sobre el vientre parecen más delgadas, lo único que no manifiesta la rigidez es la sonrisa, su eterna sonrisa con la que hacía fácil cualquier dificultad, y con la que parece darle permiso para que sus sentimientos salgan del lugar en el que los ha escondido, en un momento trata de reponerse, y después de carraspear, en un intento de disculpa saluda a la mujer:

—Buenos días Rose, necesitaba hablar con mi padre antes de que se lo lleven, te pido disculpas por no haberte saludado a mi llegada.

La sonrisa comprensiva de la mujer tranquiliza al joven, que siente un ligero calor en sus mejillas al notar la mano de Rose colocada sobre una de las suyas, al mismo tiempo que se acerca un poco más a él para hablarle con suavidad, algo que Jean Baptista no llega a comprender totalmente:

—No debes disculparte, tú padre ha fallecido hace poco y todavía tienes preguntas que necesitan respuesta, no ahogues tus sentimientos, si necesitas llorar hazlo, y lloraremos juntos.

Rose abre los brazos invitando a que Jean Baptista se refugie en ellos, como si se tratase de un niño pequeño él accede a esa invitación y la abraza con fuerza, el pecho del joven comienza a realizar movimientos convulsivos, iniciando un llanto silencioso, dejando caer la cabeza en el hueco entre el hombro y el cuello de la mujer. El aroma a lavanda del cuello de Rose, hace que Jean Baptista vaya espaciando los espasmos, y pasa su lengua por los labios para humedecerlos, vuelve a pasar la lengua por ellos al comprobar un sabor agradable en el que se entremezclan los cítricos y dulces, sorprendido retira la cabeza del hombro de la mujer, y sus ojos recorren un cuello largo que finaliza en el nacimiento de su cabellera azabache recogida en un moño, dejando libre el lóbulo de una oreja pequeña que le incita a atraparla con sus labios, tiene que contenerse a duras penas, enrojeciendo nuevamente al sentir como se activa su miembro viril debido al contacto con el cuerpo femenino, lo tranquilizan las palabras que la mujer le dice en voz muy baja sobre el oído del joven, unidas al aliento que penetra por el pabellón auditivo, le produce un cosquilleo que le incita a encogerse de placer:

—No te avergüences por lo que sientes, con toda seguridad tu padre lo comprende, y a mí no me has faltado al respeto. Me halagas—, dice Rose tratando de tranquilizar a Jean Baptista, que no sabe cómo disimular su excitación, — ahora vayamos a buscarte un traje de tu padre.

Todo a su alrededor desaparece, un momento de intimidad en el que a los dos les resulta doloroso romper el abrazo, un beso en los labios de la mujer le da fuerzas para enfrentarse con la vorágine de otros abrazos, y otros besos de duelo falso en la mayoría de los casos. Rose mira al que ha sido su esposo hasta hace unas horas, el gesto de sonrisa le recuerda los momentos vividos en los que a través de esa misma sonrisa le hacía saber el momento en que ideaba alguno de sus juegos que finalizaban inexorablemente en la cama, o sobre la mesa del despacho como en el momento en el que le sobrevino la muerte. Una lágrima pugna por brotar de sus ojos al recordar ese momento, y es el recuerdo de unas palabras de Armand las que le hacen sonreír; «la muerte será mi última amante en la que deposite mi semilla» se acerca al féretro para depositar un ligero beso en la frente de Armand y decir en un susurro:

—Gracias Armand por todo lo que me has enseñado, esta vez he sido yo más rápida que la muerte.

Mientras tanto, de pie, en la puerta de la habitación, espera Jean Baptista con la mano apoyada en el picaporte, la mira y sonríe tímidamente, Rose se acerca, con esa manera de andar sinuosa que vuelve locos a los hombres del pueblo y sin mediar palabra, deposita otro beso en los labios del joven que no duda en rodearla con sus brazos respondiendo a su beso, con la impetuosidad que le dan sus recién cumplidos diez y nueve años. Los cirios que rodean el ataúd titilan resaltando la sonrisa del rostro de Armand, los dos amantes sientes que alguien los mira, giran sus cabezas hacia el ataúd y al ver el gesto del cadáver, no sienten que estén profanando ese lugar en ese momento sagrado, Rose sonríe pensando que está cumpliendo con la última voluntad de su esposo, todavía cree escuchar sus palabras: «...*sabrás como actuar para que J.B. no regrese al seminario*» un guiño del ojo y una sonrisa fue lo último que pudo decirle antes de que se le parasen los latidos del corazón, después se retiró del cuerpo todavía caliente de Armand, vistiéndose con rapidez, para llamar a Ricard, en calidad de médico, amigo y confidente del fallecido. Con la mirada velada por el recuerdo, dice:

—Salgamos, no hagamos esperar al padre Pascual.

Cuatro hombres de riguroso luto los esperan en el zaguán de la casa al ver a Rose se inclinan para besarle la mano, causando el asombro de los presentes que no entienden lo que está sucediendo ni el motivo por el que estos extraños besen la mano de Madame de la Roche, y mucho menos el comportamiento de los forasteros al aparecer Jean Baptista en la escalinata de acceso a la planta superior, Rose se acerca a los recién venidos para presentarles al joven:

—Señores, este es el hijo de mi esposo Armand, les presento a Jean Baptista de la Roche.

Lo miran con atención, y el más viejo, se le acerca, y después de besarlo le entrega una moneda de oro, después hace un gesto para que el resto bese al joven, haciendo que surjan los comentarios entre los reunidos en el duelo. Media hora más tarde el féretro sale en procesión para hacer el trayecto a la iglesia, a hombros de cuatro jóvenes vestidos de riguroso luto, desconocidos para los vecinos, pero no así para Rose, a la que han saludado con deferencia a su llegada en compañía de los anteriores en un Citroën Tiburón de impecable color negro, les siguen Jean Baptista, es el mismo joven tímido y desgarbado que ha llegado en compañía del padre Raimundo, enfundado en un traje confeccionado a medida por uno de los sastres más exclusivos de Paris, a su lado Madame de la Roche, que aprieta el brazo del joven tratando de infundirle seguridad. Les sigue el grupo de cuatro hombres que extrañamente para Jean Baptista, lo tratan con la familiaridad propia de un pariente lejano.

PIEL DE LAVANDA

El entierro supone un acto social al que la totalidad de los vecinos de Montpubien acuden a darle el último adiós a Armand, sin necesidad de invitación, y el de Armand no va a ser distinto de otros, aunque dado el carácter del fallecido nadie sabe si ha dejado instrucciones para amenizar ese momento que puede ser de todo menos íntimo, y las expectativas de los asistentes se cumplen, antes de que el féretro sea depositado en el panteón familiar, Ricard se adelanta para decir unas palabras de despedida terminando con un grito utilizando las palabras que el conde utilizaba después de una partida de cartas:

—Cada uno juega con las cartas que le han sido dadas.

El alcalde y grupo de amigos repiten la misma reflexión y sacando del bolsillo de sus chaquetas una pequeña botellita, beben en memoria del compañero de partida fallecido, una vez finalizado el brindis todos asistentes se santiguan como si se hubiera tratado de una oración, uno a uno se van acercando para dar las condolencias a la familia hasta dejar el cementerio vacío, en apariencia, después del entierro de Armand los habitantes de Montpubien retoman su actividad cotidiana, es verano y las paredes de las casas comienzan a revestirse del color de las flores de lavanda, las calles inundadas por el aroma imprimen el sello que avisa del cambio estacional, de madrugada se escuchan las voces que se saludan mientras comentan con algo de preocupación la cercanía de la cosecha, que junto a la muerte inesperada del conde hay incertidumbre sobre quien será el responsable de negociar el precio de la lavanda con los laboratorios. Todo esto crea un ambiente conveniente, el color lavanda de las paredes da la sensación de haber encontrado la vestimenta adecuada para despedir a su vecino más insigne, además de haber aportado unas cuantas noticias con las que amenizar las tertulias de las mujeres, dedicadas a sus labores cotidianas de encaje, en las que introducen noticias y cotilleos, reunidas en corrillos, a los que van acudiendo con los útiles necesarios para realizar su labor y una silla pequeña con la que se irán al finalizar la jornada en la que el trabajo es secundario.

Han transcurrido ya dos días, y el padre Raimundo, continúa en el pueblo, y debido al calor pasa las horas hablando de sus tiempos de seminarista, y leyendo con el párroco el Martirologio Romano, al atardecer dan paseos por las calles más estrechas en las que la unión de los tejados de los edificios encalados, impide que los rayos del sol toquen un suelo húmedo debido a los chorreos de agua que de vez en cuando los vecinos se dedican a remojar los suelos para paliar el calor de una tarde del mes de julio como no se ha conocido en muchos años según cuentan los vecinos más viejos.

Los únicos que no parecen darse cuenta de la canícula, son los dos sacerdotes que pasean por las calles de Montpubien en animada conversación, tratan de preparar la ceremonia religiosa oficiada por el señor obispo a la que asistirán sacerdotes y novicios del seminario en el que cursa sus estudios eclesiásticos Jean Baptista. Los sacerdotes llegan a una pequeña plazuela, en la que las mujeres se encuentran protegidas por la sombra de un viejo moral, al verlos acercarse, se avisan unas a otras de la cercanía de los sacerdotes, y ríen a escondidas al verlos con sotana, teja y manteo, este de tela más ligera por ser verano, pero similar a su atuendo de invierno. Un grupo de muchachos que se encuentran en la calle, dejan sus juegos para dirigirse corriendo hacia los sacerdotes para besarles la mano en señal de respeto, recibiendo a cambio que los religiosos coloquen su mano sobre la cabeza de los niños mientras murmuran una bendición. Después se dirigen hacia el grupo de mujeres para pedirles información de Armand, estas al verlos acercarse al grupo, dejan las almohadillas del encaje para saludarles:

—Buenas tardes reverendos, ¿desean tomar algo fresco?

Los sacerdotes se detienen, y abandonan su conversación para atender el saludo de las mujeres que se encuentran en animada charla, el padre Raimundo recoge el «manteo» de su hábito y después de secarse el sudor de la frente contesta al saludo:

—Tengan buenas tardes ustedes con la ayuda de Dios, les agradecemos su invitación, nos vendría bien un vaso de agua fresca.

Inmediatamente una joven recoge una jarra y se dirige al pozo para manipular en la manivela de la bomba de extracción de agua, espera hasta que comienza a salir un chorro de agua fresca que recoge en la jarra, para llenar con ella dos vasos en los que ha introducido sendos «*volados*» aportándole al líquido un sabor ligeramente dulce, y refrescante con un toque a limón:

—Estos «*volados*» tienen un sabor muy agradable, pero distinto a otros que he probado—, dice el padre Raimundo tratando de descubrir el sabor.

—Lleva un poco de flor de lavanda, —contesta la joven que le ha preparado la bebida.

Las mujeres de la tertulia sonríen al ver el gesto de extrañeza en el rostro de los dos sacerdotes, y es la mayor, una mujer ya anciana que mueve sus manos sarmentosas y le dice al cura:

—Es bien sabido desde antiguo, que la flor de lavanda es buena para la energía de los hombres, desde que Madame de la Roche nos dio la receta, ha habido más mujeres preñadas en el pueblo que en todos los años anteriores.

Los sacerdotes miran a la anciana creyendo que se trata de una broma o a que la mujer no se encuentra muy cuerda, ya habían oído algo al respecto, achacándolo a las habladurías de la gente, porque lo que se contaba era que esa mujer era capaz de embrujar a los hombres que terminaban desahogándose con sus esposas. Es el padre Pascual quien, da un paso atrás al reconocer a Gisselle, se santigua asustado, y se aferra al rosario, que lleva en la mano mientras pasea, para ir pasando las cuentas, y no puede reprimir un comentario:

—Esto es obra del maligno. Se lo dije al obispo y no hizo nada por excomulgar a esa mujer, que ha «engatusado» a todos los hombres del pueblo—, y como si se quedase sin fuerzas, continúa—pobre Jean Baptista, se encuentra en su poder.

Las preocupaciones del párroco por el estado espiritual del seminarista provocan el enfado en el padre Raimundo, que trata de dominarse y poniendo una mano en el hombro de su colega le dice al oído para no ser oído por algún vecino:

—No se preocupe padre Pascual, afortunadamente estoy aquí para impedir que le suceda nada a Jean Baptista. A veces el Señor nos pone a prueba para fortalecernos, pero somos nosotros, los sacerdotes, quienes debemos mantenernos fuertes ante las amenazas del maligno.

—Si esa Madame lo atrapa ¿Qué sucederá con la herencia?

—Llamaré al obispo y aceleraremos los votos de este joven, es muy normal que se encuentre confuso, pobreza, castidad y obediencia, son nuestra espada para luchar contra Satán.

Esta explicación del ecónomo tranquiliza al párroco, que asiente con la cabeza y da las gracias por la bebida se despiden de las mujeres, procurando no mirar a Giselle se dirigen hacia la casa rectoral, la anciana los mira fijamente y al ver en el párroco un gesto de desprecio, se contiene para no demostrar las pasiones que dañan el alma y el cuerpo según sus creencias, y como si hablara con un interlocutor invisible, murmura:

—Quieren que olvidemos nuestras costumbres, persiguen a la «buena gente», la historia se repite.

Después la mirada de la anciana se pierde en la lejanía, sus parpados caen dando la sensación de que estar mirando hacia su interior, en su mente aparecen imágenes de una historia que le relataba su padre, guerras y fuego que asolan los campos, con gritos de muerte, huidas, persecuciones y suplicios, una lágrima rueda lentamente por su mejilla, hasta que una voz la devuelve al presente para regresar a un estado catatónico en el que se refugia su mente después de que su hija Soleil abandonase el domicilio familiar

—¿Qué te sucede abuela? —Pregunta Celine.

—No es nada, dile a Soleil que se acuerde de recoger las hojas para los gusanos de seda.

—Abuela, hace ya mucho tiempo que no se encuentra con nosotros. Yo todavía no había nacido cuando se fue.

Los ojos de Giselle se vuelven acuosos, no desea sufrir y culparse por la marcha de su hija, la realidad desaparece y de nuevo los recuerdos de las guerras de aquella época tan lejana aparecen en su memoria, duda en discernir si se trata de sueños o es una realidad, en la que sus antepasados eran perseguidos por los cruzados comandados por Simón de Monforte, son las imágenes que le acompañan recreadas por su mente de niña, en las que predominan las hogueras chispeantes que emiten sonidos terribles que se entremezclan con los gritos de dolor de los mártires, y en medio de las llamas surge la imagen de Soleil, su hija pequeña que abandonó las reglas de la comunidad por amor a un hombre que no era el elegido para ella, la oposición familiar hizo que huyese de la casa paterna, al mismo tiempo que desaparecía Armand de la Roche. Soleil no regresó jamás, y un año más tarde Armand reapareció con un niño de meses en los brazos, nadie le preguntó por el niño ni por su madre, y aunque lo hubieran hecho Armand no hubiera dado las explicaciones solicitadas, la tristeza hizo que se volcase en su trabajo y en el cuidado del niño, al que Giselle, la anciana madre de Soleil, miraba desde lejos con el convencimiento de que se trataba de su nieto.

Las brumas van desapareciendo y Giselle dirige su mano a una bolsa que cuelga de su cintura con un cordón cerciorándose de que su librito, —el evangelio de Juan— continúa en ella, y suspira más tranquila al sentir que su «tesoro» permanece en la faltriquera, y murmura:

—Ya suenan las trompetas, y se escuchan las herraduras de los caballos, de nuevo estamos en peligro—, suspira hondo y mirando fijamente a su nieta, la agarra con fuerza del brazo para acercarla y le dice— busca a la señora y dile que necesito verla.

****

Aprovechando que a la salida del cementerio que el doctor Ricard necesita hablar con Jean Baptista, Rose decide enclaustrase en el dormitorio para meditar sobre sus sentimientos, no entiende todo lo que ha sucedido después del fallecimiento de Armand, su mente se encuentra llena de confusión, necesita poner en orden sus ideas, y en ese momento no encuentra la manera de hacerlo. Tendida en la cama trata de dormir y olvidarlo todo, el sueño es tozudo y se niega a hacer acto de presencia, son los recuerdos los que se burlan de ella, haciendo pasar por su mente cada imagen como si se tratase de una película, todavía siente el calor de los labios de Jean Baptista sobre los suyos, y algo mucho más preocupante, su mano se dirige a la parte de su vientre en la que sintió en calor y la dureza de la erección del joven. No desea reconocer que ha sentido placer, y tratando de alejar los pensamientos perturbadores, golpea la almohada buscando una posición más cómoda, se encuentra enfadada a la vez que aturdida, por un cúmulo de sentimientos que no llega a comprender, a sus veinticinco años acaba de perder a su esposo, el hombre de quien se creía enamorada, y con el que ha pasado momentos de pasión como nunca lo hubiese soñado, le duele la cabeza, se sienta en el lecho y llevándose las manos a la cara en un intento de ocultar su rostro, grita:

—¿Cómo he sido capaz de besarlo delante del cadáver de Armand? —Se asusta al escuchar su voz y dice entre dientes— Y tú Armand no sonrías tanto, fui tonta al aceptar tu propuesta.

Una y otra vez aparece la imagen de su esposo sonriendo, Rose llega a creer que Armand lo tenía todo planeado desde el mismo momento de pedirla en matrimonio. La ira la desborda, sus pensamientos son absurdos, solo ella es la culpable de haber seducido a un joven que debido a su inexperiencia puede haber confundido sus sentimientos, creyendo que se trata de amor, lo que tan solo es el instinto animal del ser humano.

Se fustiga convenciéndose de que se trata de su hijastro, y su deber es tratarlo como si fuese su propio hijo. Todos sus razonamientos son desbaratados por una vocecita malévola que no deja de decirle:

—Pero no lo es

La voz continúa repitiendo la misma cantinela durante un buen rato, y al diluirse, cree oír en la lejanía una risa burlona que la llena de incertidumbre, de nuevo aparecen aquellos momentos ven los que creyó estar enamorada de Armand, su ilusión del día en el que le pidió que fuera su esposa, y esos otros momentos en los que paseaban cogidos del brazo por los Campos Elíseos, o por las Tullerías, todavía siente el cosquilleo de la voz grave de Armand en su oído cuando los paseantes los miraban extrañados debido a la diferencia de edad:

—Soy el hombre más envidiado y tú la mujer más criticada.

Después de que Armand hacía este tipo de comentarios, continuaban el paseo riendo, sin importarles las miradas ni los cuchicheos. Ahora no comprende por qué siente que el calor que recorre su cuerpo al recordar la fuerza con la que Jean Baptista la apretó contra él, y todavía siente la erección del joven que le provocó el deseo de hacerse una con él, en el mismo lugar en el que los cirios alumbraban el rostro de Armand, y de nuevo aparece el gesto de la sonrisa burlona del único espectador de lo sucedido, aunque es cierto que puede tratarse de imaginaciones suyas, Armand, ese único espectador ya estaba muerto, y por mucho que le preocupe verlo sonreír, sus ojos estaban cerrados, como él decía, ya le había pagado el viaje al barquero, piensa con dolor que nadie ha regresado de ese Valle de Josafat, donde quiera que se encuentre, piensa que necesita el aire del campo.

Amanece, con la desaparición de la oscuridad, aparece el alivio para Rose que espera la llegada de los primeros rayos de sol, sentada en una piedra en el pequeño «*Mont des Mors*», al que ha acudido porque sus pensamientos necesitan ser eliminados por el viento fresco del amanecer, llevándose las dudas que no la han permitido dormir en toda la noche. No desea regresar a su casa y encontrarse con la presencia de Jean Baptista, —el único hombre que le ha hecho perder la compostura—, se coloca bien la cinta del pelo y se tiende en el suelo deseando dormir eternamente, o al menos hasta que alcance la calma.

Desconoce el tiempo que ha permanecido en ese estado, hasta que el trino de los pájaros y el aroma a lavanda la adormecen, dejando pasar las horas en un duermevela.

Los rayos de sol comienzan a juguetear recorriendo el rostro de Rose que agita su mano molesta porque no desea despertar de ese duermevela, el zumbido de una abeja atraída por el aroma a lavanda, hace que se incorpore de golpe, le late el corazón por el miedo a la picadura de las abejas, aunque tarda un rato en poder abrir los ojos, debido a la intensidad de la luz solar, al sentir el calor se preocupa al darse cuenta de que ha puesto en peligro la integridad de la piel de su rostro, y se enfada por no lo haberlo tenido en cuenta de ese detalle al tenderse en el suelo, desconoce ese paisaje tan extraño, una vocecita le dice que está soñando, siente algo de frío y oye otra voz le llama, se trata de una voz lejana reconociendo que se trata de un sueño dentro de otro sueño, continúa escuchando la voz de Jean Baptista, y piensa que él está muy lejos, pero la voz continúa gritando su nombre que provoca que un dispositivo de alerta se despierte en su cerebro, la misma voz de Jean Baptista le hace preguntas, pero en esta ocasión la oye a su lado, abre los ojos asustada y al ver al joven arrodillado a su lado, se incorpora, se abraza a él entre sollozos, los labios de los dos jóvenes se buscan con avidez dejando de lado los tabúes y los miedos a ser vistos por algún vecino, acallando los sollozos de ella que se transforman en una risa nerviosa y placentera, y entre beso y beso, Rose trata de decirle todo lo que ha callado al darse cuenta de que se ha enamorado de él, y por sus labios solo nacen palabras sin sentido para ella, pero que suponen un alivio para él:

—Los besos son caricias, ten cuidado, no trates de golpearme con tus labios. Comencemos de nuevo.

Entre risas. y jugueteos, los besos se prolongan, recorren cada centímetro de los cuerpos convertidos en las caricias que les llenan de un placer distinto, y desconocido para él. Para ella el placer no le es desconocido, aunque nunca lo había sentido con tanta intensidad, no es momento de analizar lo que le está sucediendo, y se deja arrastrar por esa sensación, creía haber sentido amor por Armand, y se casó ilusionada, pero con Jean Baptista el deseo se ha convertido en la necesidad de fundirse el uno en el otro, las manos de Rose retiran con suavidad las prendas que ocultan el cuerpo del joven dejándolo desnudo, lo observa mientras lo recorre con los labios, se asombra al sentir sus músculos bien formados en un cuerpo delgado.

Los dedos hábiles de Rose se enredan jugueteando con el vello púbico del joven agradándole su suavidad, perdiéndose entre ellos creando circulitos con las yemas traviesas de sus dedos, con cada roce y cada círculo, se aceleran los latidos del corazón de Jean Baptista que se siente torpe al ver que la destreza de los dedos femeninos hacen parecer a los suyos torpes y temblorosos, se acercan con lentitud al vestido de la mujer, luchando con botones y con lentitud propia del neófito, tratan abrirse camino por el que acceder a las prendas íntimas femeninas, la sonrisa de Rose le da ánimos para iniciarse en un desconocido ceremonial, que le permite dejar al descubierto el cuerpo de Rose, que se muestra en todo su esplendor, después lo que pueda suceder queda en manos del instinto y la pericia de su compañera, que le permite introducirse en ese viaje desconocido en el que Jean Baptista pierde la consciencia del tiempo y del espacio. Un estertor y los dos amantes comienzan a ser conscientes de que las horas transcurren, el sol comienza a declinar, las flores de lavanda crean un manto a revistiendo a la tierra de una nueva piel aportando alegría a los dos amantes para los que acaban de desaparecer los nubarrones oscuros, que se separan con pesar al sentirse partidos por la mitad en vez de continuar siendo uno solo, haciendo que sus mentes aterricen bruscamente en la vida cotidiana:

—Se me había olvidado el motivo por el que te he buscado. —Dice Jean Baptista, con gesto de asombro.

Una carcajada de Rose disuelve la preocupación producida por el olvido, y acariciando la mejilla del joven le indica:

—Retrocede al momento en el que has venido a buscarme, y trata de recordar que es eso tan importante que has olvidado.

La broma que acaba de hacerle Rose provoca que Jean Baptista se ruborice, procurando no mirarla directamente para que la mujer no descubra su azoramiento, carraspea dos veces y contesta de un tirón:

—Han ido a casa a buscarte para decirte que Giselle de Montsegur quiere verte, me han dicho que es urgente. —Sin apenas finalizar la frase, le pregunta—¿La conoces?

Rose se da cuenta de que se trata de una pregunta retórica que debe responder de la manera más natural, conoce a Giselle porque fue Armand quien se la presentó y le dio a entender que se trataba de una persona muy querida por él, sabe cómo se hizo cargo de Jean Baptista cuando era un niño de pocos meses, y conoce sus momentos de pérdida de la realidad, pero también conoce sus momentos dé lucidez, mira al joven del que siente que se ha enamorado, piensa como.actuaría Armand en su lugar y después de un pequeño silencio, responde a Jean Baptista con la mayor naturalidad posible:

—He hablado con ella en alguna ocasión, vive en la parte baja del pueblo, me acercaré ahora hasta su casa.

La parte baja es la zona del pueblo en la que viven aquellos que tradicionalmente han sido considerados de menor categoría social, una especie de barrio separado al que fueron a parar los que fueron investigados por la justicia eclesiástica, y aunque de eso hacía muchos siglos, todavía se sienten marginados por la iglesia —a la que acuden para evitar habladurías—, y otros lugares públicos, todavía en pleno siglo XX carecen de voz y voto en los concejos, ya que trabajar como aparceros de los dueños de tierras que quisieran alquilarles parte de esas tierras, y en su mayor parte de muy poca productividad. Armand de la Roche es la excepción, en sus contratos de aparcería, incluye el trabajo y los beneficios de la cosecha de lavanda al cincuenta por ciento, con la posibilidad de poderlos transmitir de padres a hijos, la familia de Giselle de Montsegur se encuentra en esta situación siendo aceptada en la casa de Armand como si se tratasen de unos parientes lejanos, en esta relación eran siempre los Montsegur los que se empeñan en mantener cierta distancia, acrecentada desde que Armand y Soleil les comunicaron su intención de casarse. La noticia no fue bien recibida por los padres de ella, es cierto que había una diferencia de edad entre ambos, para Giselle había otros motivos que hacía imposible la unión.

Desde hacía unos años Abraham —el padre de Soleil— había pactado el matrimonio de su hija con un joven del pueblo cercano perteneciente a la misma congregación religiosa tradicionalmente perseguida por la Iglesia Católica. A Abraham y su familia no le agradaba que Soleil pasase tanto tiempo en compañía de Armand, porque como decía Giselle; «no es bueno que los condes se vean envueltos en habladurías», el anuncio de la unión se convirtió en una negativa rotunda, y posterior fuga de Soleil, Nadie en Montpubien llegó a enterarse de la petición de matrimonio, continuando la relación de aparcería como si no hubiera ocurrido nada. Rose conoce lo sucedido por boca de Armand y después de tomar la decisión de hablar con Giselle mira a Jean Baptista que permanece tenso, con el ceño fruncido como si estuviera contrariado por la decisión, ella mantiene la mirada en los campos pensativa y comenta:

—Creo que será mejor que vayamos los dos, es posible que se trate de algo grave para que Giselle desee verme en su casa.

El sol se oculta a lo lejos, por Sant-Bertrand de Comenge que marcan el paso del camino del apóstol Santiago, Rose se apoya en el brazo de Jean Baptista, un perro asoma la cabeza por el agujero de una puerta que utilizan los gatos para poder entrar o salir de la casa, y les ladra haciendo que otros perros respondan el ladrido creando una algarabía infernal, una voz de hombre les conmina para que callen los animales, y oculto tras la puerta semi abierta, disculpa a su perro que aúlla de dolor, y los dos paseantes suponen que ha sido castigado por su dueño, un momento más tarde comienzan a encenderse las lámparas eléctricas que han colocado en las esquinas de las casas en sustitución de las anteriores de gas, y que emiten una luz mortecina, y en algún caso se vuelve a apagar alguna de ellas, por haber fundido los filamentos incandescentes. Un último recodo en la calle haciéndose visibles para el grupo de personas que aprovechan para charlar tranquilamente en los momentos en que decae el calor.

Giselle los ve salir de la zona en sombras y se dirige hacia los recién llegados con pasos torpes debido a la edad, acelera el paso haciendo que su cuerpo responda a los deseos de su mente, y mira a Jean Baptista con los ojos arrasados en lágrimas, se las frota con el dorso de la mano procurando no ser descubierta por los recién llegados, y se dirige a Rose preocupada:

—Madame de la Roche, gracias por venir, creí que vendría usted sola.

—He preferido que me acompañase Jean Baptista, porque la intuición me dice que se trata de algo relacionado con él. Le ruego que nos diga de qué se trata.

La anciana afirma lentamente con la cabeza, mira hacia un lado y hacia el otro para cerciorarse que no hay nadie cerca, y contesta en voz baja:

—Han estado aquí esos dos curas, y creyendo que no los oía, están haciendo planes para que venga al pueblo el obispo para que Jean Baptista haga los votos.

El aludido escucha en silencio, pero antes de que intervenga, es Rose la que se adelanta, y contesta:

—Le doy las gracias por decírmelo, pero es una decisión que deberá tomar él, —hace una pausa para mirar fijamente a Jean Baptista, y continúa—aunque no tiene mucho tiempo, mi consejo es que lo medite antes de decidir lo que desea hacer.

Las últimas palabras las pronuncia Rose con tristeza, ha dejado de ser la joven que se siente atraída, o tal vez enamorada del hombre que debe tomar una decisión, y en un momento se transforma en Madame de la Roche, una mujer fría y calculadora que debe actuar de una manera u otra, en función de la decisión que tome Jean Baptista, que a hurtadillas pasa su mano por la cintura de Rose, demostrándole su apoyo y mirando a fijamente a la anciana Giselle, comienza a hablar:

—Tomé la decisión en el momento en el que me avisaron del fallecimiento de mi padre, en estos días solamente la he reforzado, no debéis preocuparos por nada, no voy a tomar los votos —, cambia de conversación para dirigirse a Giselle— ahora me interesa mucho más que me hables de mi madre.

Las dos mujeres se asombran debido a la petición del joven, con mayor motivo Giselle que ya puede decir que Jean Baptista es su nieto, con un simple gesto de la mano les indica que la acompañen hasta un lugar al resguardo del resto de personas que continúan su tertulia no sin lanzar miradas a hurtadillas, durante el rato en el que Giselle responde a las preguntas de Jean Baptista, de quien no se atreve a decir públicamente que es su nieto.

LA SONRISA DEL MUERTO

El despacho de Armand permanece cerrado desde el día en el que un infarto fulminante acabó con la vida de su dueño, Rose con el corazón latiendo con fuerza hace girar la llave que entra de manera holgada en la guía de la cerradura, y empuja al panel de madera gruesa de roble ennegrecida por el paso del tiempo, antes de entrar en el despacho, pasa los dedos por el tronco de un árbol tallado en el panel central, y tomando aire con fuerza, empuja la puerta que cede con un ligero chirrido, haciéndola pensar que deberá ordenar que engrasen las grandes bisagras de hierro forjado, en el interior la recibe el olor a cerrado, y el aroma a la mezcla de tabacos de pipa que a Armand le gusta guardar en un bote de lata, tuerce el gesto al darse cuenta de que el bote del tabaco ya mezclado se encuentra abierto, le molesta pensando que se ha secado en exceso, y el basma griego solo lo encuentra en la pequeña tabaquería de Montmatre.

Pasa su mano por la frente al darse cuenta de que ya nada importa, Armand ya no necesitará fumar, y no protestará porque el tabaco se haya secado o no, se sobresalta al ver las pipas desparramadas por encima de la mesa antigua, esto último hace que los recuerdos revivan, y que las lágrimas broten haciendo que cosquilleen al rodar por sus mejillas. Armand no dejo abierto el bote de tabaco, ni tampoco dejo sin recoger las pipas, fue en esa misma mesa en la que Armand sufrió el infarto en plena actividad amorosa, fueron esos movimientos los que provocaron el desorden, Rose todavía siente los espasmos y después el peso del cuerpo de Armand aplastándose sobre ella, todavía siente el momento en el que los espasmos cesaron, y siente atravesar su oído el aire de la última exaltación de su esposo, y después...

No quiere recordar ese después, necesita salir del despacho, trata de dominar el ataque de pánico, y lo hace culpándose de no haberse dado cuenta de las dolencias de su esposo, no desea pensar más, necesita realizar una actividad que le permita desviar su atención, y comienza a poner orden en la mesa, un temblor de su cuerpo le hace sentirse insegura, teniendo que apoyarse en el mueble para evitar caer al suelo, es debido a un pequeño mareo que no duda achacarlo al estrés por todo lo que está sucediendo después del fallecimiento de Armand, y en algo por lo que todavía está más preocupada, manifestándolo de manera inconsciente:

—¿Qué dirían las gentes de Montpubien si supieran lo qué sucedió esa noche? Tendría que marchar del pueblo, y Jean Baptista quedaría en poder de esos «cuervos»

Las imágenes se suceden como si se tratase de una película de terror, el miedo a que le achaquen la muerte de Armand le hace volver a agarrarse a la mesa tratando de contener las náuseas que pugnan por hacer que salga por su boca la cena del día anterior, se sobrepone y comienza a revisar con rapidez los cajones en busca de documentos que le aporten datos sobre Jean Baptista, el miedo le hace pensar en lo peor, todavía le quedan dos años para alcanzar la mayoría de edad, y necesita saber cómo puede afectarle que Armand no haya previsto su fallecimiento. El miedo se convierte en enfado y se dirige a Armand como si se encontrase a su lado:

—Eres capaz de planearlo todo, y has sido descuidado con tu hijo, —el enfado le lleva a apretar los puños y decirle— si le pasa algo soy capaz de matarte.

Nada más terminar la frase con una carcajada nerviosa al darse cuenta de lo que ha dicho, recoge una cajetilla abierta de Gitanes, un tabaco fuerte, en cigarrillos de papel de maíz que fuma cuando se encuentra en el pueblo, lo guarda en el cajón de la mesa y piensa que no puede vivir sin Jean Baptista, respira para tranquilizarse y comienza a buscar en los cajones de la mesa y en el armario que cubre totalmente la pared en busca de pruebas, recoge carpetas que va depositando sobre la mesa, se sienta en el sillón giratorio pasando las manos por los brazos del sillón recubiertos de cuero, como si acariciase a su dueño, se sienta y después de respirar profundamente, y comienza a extraer los papeles de la primera carpeta. Se ahoga, el ambiente es más denso, tiene que realizar un esfuerzo para abrir la ventana, que cede con el sonido del roce de dos maderas hinchadas por la humedad, golpea su rostro un soplo de viento portador del aroma a lavanda y a tierra húmeda, de los campos cercanos, aspirando con ansiedad una bocanada de aire fresco, y continúa su extraña conversación con el espíritu de su esposo:

—Has vivido como te ha venido en gana. Dame una señal para saber que tengo que hacer para que Jean Baptista no tenga problemas.

Tiene una sensación de borrachera, y cree escuchar desde algún lugar lejano la risa inconfundible de Armand. Rose siente que ha traspasado la frontera que separa la realidad de ese otro mundo irreal, desde el que le llega la voz de Armand:

—Te pedí que hicieses que el chico no regresase al convento, al parecer lo has conseguido. No te preocupes de lo demás.

Duda de su cordura y de que lo que sucede no sea el producto de algún alimento en mal estado, mentalmente repasa lo que ha ingerido, y recuerda un vaso de agua, cree que se trata de debilidad y esta conclusión le ayuda a superar una crisis de ansiedad, se derrumba en el sillón permitiendo que las lágrimas salgan a borbotones, todavía con los ojos vidriosos, ve entre el montón de papeles un documento del que solamente queda visible la firma de Ricard, el médico del pueblo y que ha sido el encargado de certificar el fallecimiento, utiliza dos dedos para extraerlo, y a pesar de que no si te deseos por leer los motivos de la dolencia que le ha causado la muerte, hay una fuerza que la impulsa a hacerlo, escucha el siseo producido por el roce de los papeles y siente que le da un vuelco el corazón al comprobar que se trata de las observaciones médicas en el certificado, después de una revisión rutinaria, en el que le advierten del peligro al que se expone si no se somete a una intervención, mira todo el informe con interés y se dirige al teléfono para marcar el número de la centralita y solicitar una llamada local. Los dedos de Rose tiemblan al hacer girar el dial, se le antoja una eternidad el tiempo transcurrido hasta escuchar la voz, roncajosa de la telefonista, una mujer de mediana edad que utiliza infusiones de valeriana para poder dormir. Rosé aprieta los parpados al darse cuenta de que acaba de despertar a la telefonista, se disculpa y pide que la comuniquen con el teléfono del médico, escucha el sonido lejano de la llamada hasta que se interrumpe con un clic seguido de la voz adormilada de Ricard:

—¿Aló?

—Soy Rose, perdona que te llame a estas horas, pero estoy revisando los papeles de Armand y he visto un informe médico de hace dos años, en el que le recomendabas...

Ella no puede continuar hablando, es el médico quien toma la conversación y le interrumpe al ver que se encuentra muy afectada, por el contenido del informe, Ricard trata de recordar lo escrito en el certificado mientras comenta:

—Imagino que está llamada encierra algo de culpabilidad por una decisión de Armand, en la que no tienes nada que ver, lo conoces perfectamente, y sabes que le ha gustado el riesgo. En su día tomó una decisión con fecha de caducidad, y ha podido suceder en cualquier momento. Creo que sería mucho mejor que lo hablásemos tomando un «*pastiche*».

Unas palabras de despedida y un nuevo clic indican que la conversación ha finalizado, en espera de la invitación de Ricard para continuar de manera más relajada. Después de un suspiro Rose se acerca a la ventana y permanece mirando a las estrellas observa la mirada de una sonriente luna creciente, que en esas fechas se encuentra a punto de convertirse en un círculo completo y brillante, cierra los ojos para mirarla nuevamente intentando comprobar que lo que ha creído el guiño de un ojo del astro no ha sido producido por su imaginación, la sonrisa de la luna le parece más abierta, o tal vez más traviesa, y le da un brinco el corazón al hacerle creer que se trata de la sonrisa de Armand, como si intentase transmitirle desde el más allá que se encuentra feliz, de haber vivido como le ha venido en gana, se encoge de hombros y retoma la búsqueda de papeles que le permitan descubrir cómo será el futuro inmediato de Jean Baptista, abre una cajita pequeña descubriendo unas llaves que las reconoce como las de la puerta del armario que oculta la vieja caja fuerte «*Mosler*» de color oscuro, con adornos dorados, desde que Armand la abrió por primera vez ante ella, el mismo día de su llegada, lo hizo para guardar su partida de matrimonio, y otros papeles de un contenido desconocido, aunque supuso que se trataba de escrituras y demás contratos relativos a sus negocios. No sabe si podrá conseguirlo, aunque memoriza una y otra vez la combinación. Después de dos intentos Rose expulsa el aire contenido en sus pulmones, después de escuchar el click metálico indicando que la combinación utilizada es la correcta, nerviosa, usa ambas manos para hacer girar la doble manivela y un sonoro clic metálico le indica que ha sido liberada la cerradura:

—¡Lo hemos conseguido!

Dice Rose satisfecha después de tirar con fuerza de la pesada puerta, encontrando el interior de la caja fuerte con papeles bien ordenados, y junto a ellos, se encuentra una caja plana similar a las de guardar joyas, toda su atención se centra en saber el contenido de la caja y se sobresalta al escuchar a su espalda a Jean Baptista.

—¿Qué es lo que has encontrado?

—¡Que susto me has dado! Creí que estabas durmiendo.

La risa del joven hace que a Rose le haga recordar la risa de Armand, se estremece ligeramente y siente las manos de Jean Baptista sobre sus hombros traspasando su calor la fina tela de la prenda de cama, los labios del joven se acercan a, cuello de la mujer que se gira rozando con su cadera la mesa de roble, y los recuerdos de una escena similar hacen que se separe del cuerpo del hombre y le diga con brusquedad:

—No es el momento ni el lugar. Tenemos que encontrar algún documento que te permita solicitar tu emancipación.

De nuevo la risa del joven considerando que se trata de un juego, y no ceja en el intento de abrazarla, haciendo que Rose coloque sus manos sobre el pecho de él apartándolo, y se dirija a la caja fuerte en busca de los tan ansiados documentos, Jean Baptista le da la espalda, mohíno por el rechazo y le dice con un tono enfadado:

—Perdona si te he molestado, ya me marcho a mi dormitorio.

Antes de que pueda alcanzar la puerta de salida, Rose lo sigue con dos objetos en las manos, un sobre con el membrete del notario, y en la otra le enseña el joyero de cuero que desde hace unos veinte años permanece en el interior de la caja fuerte, detiene al joven impidiendo que salga del despacho y con gesto de culpabilidad le dice:

—¡No seas niño! —Usa un tono tajante, que frena al joven y continúa —Creo que debes ver todo esto.

Enfadado por lo que acaba de decir Rose, Jean Baptista se gira con brusquedad, recoge la cajita que le ofrece ella, cree que se trata del estuche de una joya, y hace mención de dejarla sobre la mesa, no llega a depositar el estuche, se detiene al oír la voz imperativa de Rose:

—¡Abre esa caja!

El joven obedece de mala gana, tiene la misma sensación de cuando era un niño, y como si se tratase de una rabieta de aquel momento, siente deseos de tirar la caja, y salir del despecho dando un portazo, piensa que ya no es aquel niño consentido, ahora tiran de él dos extrañas fuerzas antagónicas y permanece durante unos segundos sin saber a cuál de ellas debe obedecer, deja salir el aire contenido en los pulmones y con gesto airado abre el estuche, encontrando en su interior dos cruces de cinco brazos pendientes de sendas cintas de color rojo, mira a Rose no queriendo creer de que se trata y deseando que se lo confirmen, pregunta a Rose con voz apagada:

—¿Qué es esto?

Ella le sonríe, disolviendo la tormenta que ha estado a punto de estallar, la fiereza del gesto en el rostro de Jean Baptista desaparece, sus facciones se dulcifican, la mirada de ella lo envuelve con calidez, mientras se dirige al sillón giratorio, aprieta calurosamente el brazo del joven para que la siga, y le contesta:

—Creo que lo sabes, es la Legión de Honor, y como ves las consiguieron a pares. Una pertenece a tú padre y la otra a tú madre, por los servicios prestados durante la guerra.

—¿Estás segura de eso?

El rostro del joven muestra sus deseos de saber más, supone que una corresponde a su padre, intuyendo que la otra puede pertenecer a un camarada muerto en combate, con el estuche en la mano da vueltas por el despacho, intentando ordenar sus pensamientos, trata de comunicarse con Rose con una mirada inquisitiva y esperanzada, su intuición le dice que la poseedora de la cruz puede ser su madre, arroja el estuche sobre la mesa y mira a Rose con insistencia esperando que deje de sonreír y decida darle una explicación:

—Tendremos que hacerle una visita a Giselle. No quiero tener que repetir las historias, pero ahora debes ver el contenido de este sobre.

—¿Sabes tú de qué se trata? —Dice Jean Baptista.

—Conozco solo lo que pone en el exterior, lo que haya en el interior solo lo conocen tu padre y el notario, y solamente uno de los dos puede decírnoslo, —comenta Rose con una sonrisa, y continúa— lleva tu nombre, y nadie más que tú puede decidir si deseas abrirlo, o si deseas decidir cuándo es el momento en el que deseas hacerlo.

La mano de Jean Baptista, con la que sujeta el sobre, lo aprieta con fuerza, piensa que es posible que en él se encuentre el pasado y el futuro, del que no se ha preocupado por conocer, y que en este momento puede ser lo más importante. Se ha enamorado de esa mujer que se encuentra frente a él, y tiene miedo del contenido del sobre, no le importa los bienes de una herencia que desconoce, tiene miedo por lo que pueda decir de su madre, hasta ahora ha creído que se trata de Soleil, la hija mayor de Giselle. Las conversaciones de las mujeres del pueblo se lo hicieron creer desde que era muy niño, entonces él quiso estar más cerca de Celine, la nieta pequeña de Giselle, y la única que siempre lo ha tratado como un hermano, y no como el resto de los miembros de la familia que lo miraban con cara de pena,

León el hermano de Soleil, bromeaba llamándole condesito, le enseñó a hacer labores de campo, riéndose cuando él se quejaba del trabajo, mueve la cabeza al darse cuenta de que se ha dejado llevar por los recuerdos de infancia, tratando de evitar los más dolorosos, como el fallecimiento de Sara, la mujer que lo crio, y a quien consideraba su madre.

Una última mirada al sobre, que le permita tomar la decisión adecuada, se ve interrumpida por dos sonoros golpes en la puerta de entrada, que le hacen retrasar el momento de conocer el contenido de los documentos, el sonido de unos pies al arrastrarse por las losas del suelo seguidos de unas voces confusas, acercándose hasta la entrada del despacho, y unos momentos más tarde hace su aparición en la estancia Giselle que llega acompañada por Celine que espera un paso por detrás de su abuela, a que sea esta la que diga el motivo de la visita:

—Perdonen nuestra intromisión, pero creo que Celine tiene que decirles lo que acaba de oír a los sacerdotes.

Al verlas entrar en el despacho, Rose se levanta del sillón que ocupa al otro lado de la mesa, se acerca rápidamente a ella y le coge sus manos con cariño, para hacerle comprender que es bien recibida en la casa de su nieto, y trata de tranquilizarla para evitar que retorne a su estado de enajenación:

—No se preocupe por lo que hagan o digan los sacerdotes, ya lo hablaremos y trataremos de solucionarlo más tarde, ahora tenemos que enseñarles algo que estoy convencida de que les va a alegrar conocerlo.

Al finalizar de hablar, Rose toma por el brazo a la anciana, para acompañarla hasta una silla, al ver el cariño con el que Rose trata a su abuela, Celine intuye que sucede algo que puede influir en el comportamiento de la anciana, desconoce lo que puede ser, y se coloca a su lado, pasa un brazo por los hombros de Giselle para darle su apoyo, mientras tanto Jean Baptista recoge el estuche de las cruces y después de abrirlo con gesto de satisfacción, se las muestra a las dos visitantes, que miran los dos objetos sorprendidas, es Rose la que se encarga de relatarles el motivo por el que las ha hecho acudir, ayudándose con una vieja fotografía:

—Estas dos cruces pertenecieron a Armand, y a Soleil, como puede verse en esta fotografía, en ella se refleja el momento de su imposición por el presidente Vincent Auriol.

Entrega la fotografía a Giselle, y la mira con cariño al verla como tiemblan sus manos deformadas por el trabajo de años, el primer impulso de la anciana es colocarla sobre su pecho, y la mira incrédula antes de depositar en ella un sonoro beso, Celine no comprende el motivo por el que esa fotografía de tonos desvaídos ha causado tanta emoción en su abuela, preocupada al ver los ojos de su abuela arrasados en lágrimas, siente el deseo de ver la fotografía y le pregunta:

—¿Quiénes son, abuela?

De nuevo es Rose quien retoma la palabra, tratando de hacer memoria comienza la historia que le escuchó a su padre en infinidad de ocasiones, y se dirige a Celine:

—Creo que puedo contarte la historia de esa fotografía desde el principio. Según me contó Armand. A finales de 1940, Celine tuvo una disputa con su padre debido a que deseaba casarse con Armand, ese fue el detonante de que tomase la decisión de huir,—la anciana asiente con la cabeza, y agarra con fuerza la mano de su nieta mientras Rose continúa la historia—una noche desaparecieron los dos del pueblo, después de unos días de viaje llegaron a Paris en una camioneta dedicada al contrabando de mercancías y personas, que hacía la ruta desde España a través del Valle de Aran, utilizando el camino viejo de Santiago. El transportista hizo su trabajo de banderín de enganche para la resistencia, y los llevó hasta Saint Denis, y ese fue su inicio como combatientes contra los invasores y contra los franceses del régimen de Vichy.

El relato de Rose atrae la atención de los tres escuchantes que reflejan en su rostro el interés por llenar los espacios de su vida desconocidos hasta entonces, pero es Jean Baptista quien menos puede contener sus ansias de conocer más sobre su historia familiar, se acerca a Rose zalamero, pasa un brazo por la cintura de la joven que le sonríe complacida al ver que ha desaparecido el enfado por su anterior negativa, utiliza su método más convincente, y señala con la mirada a Giselle, que trata de disimular, pero no puede evitar una sonrisa, que se amplía al ver a su nieto que se comporta como un niño y suplica:

—Continúa la historia por favor, te lo ruego, no nos dejes a medias.

Una nueva sonrisa unida a una caricia pasando los dedos con suavidad por la mandíbula cuadrada, haciendo que su dedo índice se detenga un momento en el atractivo hoyuelo, Rose suspira conteniendo el deseo de acercarse al joven y depositar un beso en ese mismo lugar que siente ligeramente áspero debido a la incipiente barba, dirige una mirada a las dos mujeres que la evitan para no demostrar que han descubierto su secreto. Giselle se preocupa, suspira, y en un momento decide que debe hablar, tiene que decir lo que sabe que la locura del amor les impida ver a los jóvenes:

—No soy la persona más indicada para culparos, por eso perdí a mi hija, y no podría soportar que suceda lo mismo con vosotros. Mis creencias me dicen que no está bien lo que hacéis, mi corazón me dice lo contrario, y mi cabeza ya tan cansada me dice que procuréis que las gentes del pueblo no lo sepan porque os acusarán de cometer incesto, y mi nieto todavía es menor de edad, —mira a Rose y colocando sus manos arrugadas sobre las de la joven, continúa— ten en cuenta que si os denuncian, podrían conseguir que un juez te condene, y en ese caso terminarías en la Santé. Ya soy vieja para aguantar más dolor.

El silencio se hace abrumador al asumir que una denuncia puede llevar a la cárcel a Rose, cada uno trata de sopesar las palabras de Giselle, Rose siente un cosquilleo en su espada al oír él lo más profundo de su mente la risa de Armand, olvida el temor y siente el placer de la adrenalina recorriendo su cuerpo, emerge el placer por la aventura y el riesgo ante lo prohibido, que se convierten en su señal de identidad, lo mismo que le sucedía a Armand, pero él ya no se encuentra a su lado, y es Jean Baptista el que pone una mano en su hombro para sacarla de su ensimismamiento, y le pide:

—No has terminado la historia.

Estas palabras del joven rompen ese momento de magia, en el que las mentes se pierden en profundidades insondables, una sonora exhalación de aire les devuelve al presente, aislándolos de los problemas que todavía no han sido formulados, y que algo en el interior de Rose pide fervientemente que no suceda, y regresa a ese otro presente en el que se dispone a cumplir el deseo de Jean Baptista:

—De acuerdo, continuaré mi relato tal como me la transmitieron los que fueron protagonistas de los hechos. Nací en un pueblecito de España en una época muy convulsa, había denuncias y muertes por *«un quítame allá esas pajas»*, se avecinaba una guerra y las creencias de mi padre le obligaban a negarse a participar, lo que podría suponer su muerte. Y decidió que deberíamos atravesar la frontera, se trataba de unos pocos kilómetros, y en una o dos jornadas nos encontraríamos en nuestra tierra de origen Albi, nunca llegamos, pero si pudimos asentarnos en Marsella, mi padre tenía negocios con judíos, cristianos, o de cualquier otro credo, llegaron los alemanes y se negó a negociar con la guerra, mi tío Jean hermano de mi madre hizo lo mismo. Las envidias hicieron que la Gestapo apresara a mi padre y lo encerrasen con un grupo de banqueros judíos, y la casualidad que el grupo de Armand y tu hija fuesen los encargados de liberarlos y lo hicieron a costa de la vida de la mayor parte del grupo:

—¿Es así como murió Soleil?

Pregunta Giselle frotándose las manos con impaciencia.

—No. Llegué a conocerlos después de la guerra, pensaban marchar a Argelia, pero Soleil quedó embarazada, —al hacer alusión al embarazo, se acerca a la anciana para cogerle las manos intentando transmitirle su fuerza y continúa hablando— Soleil falleció al dar a luz, y de lo único que recuerdo es que me enseñó al niño y me hizo jurar que cuando fuese mayor cuidaría de él.

Después del relato de Rose, los recuerdos tienen diferentes connotaciones en cada uno de ellos, en el despacho se hace un silencio casi sepulcral en espera de que alguien se decida a decir algo, solamente se oyen las pisadas de Jean Baptista, resuenan con solemnidad sobre la tarima del suelo del despacho, el joven se acerca a Rose, la sujeta por los hombros y dice:

—No necesito que me cuides, no eres mi madre, necesito que me ames, que seas mi mujer tengamos hijos. —Se retira un poco y continúa— ¿Entiendes lo que deseo de ti?

—Madame de la Roche entiende perfectamente lo que deseas, pero entre lo que ella desea y lo debe hacerse, existe una gran diferencia, ahora está en peligro toda la herencia de tu padre, es lo que hemos venido a contar, —dice Giselle, tratando de que su nieto recupere su cordura— ha llegado el obispo y una docena de religiosos y novicios para la ceremonia de los votos que te aten a la orden religiosa, y les entregues todos tus bienes.

La noticia hace que Rose se apresure a abrazar a Jean Baptista, necesita que piense con calma, lo aprieta contra su pecho y le dice al oído:

—No lo vamos a permitir. Armand se reirá de todos ellos, tendremos que buscar entre los papeles. Estoy segura de que habrá tenido la precaución de dejar en el testamento las órdenes necesarias para que nadie pueda apoderarse de lo que pertenece a tu familia.

A pesar de las dudas Jean Baptista se va tranquilizando, abre el sobre para extraer de él unos documentos de aceptación de deudas endosadas a un tal Simón de la Croix. Como si se tratase de una voluta de humo, los bienes de la casa de la Roche se han convertido en deudas, el joven mira cada papel con la vista perdida, dejando que aparezcan paisajes cubiertos de nubes demasiado negras para poder vislumbrar un poco de luz. Este documento le dice que no hay bienes en su herencia, todo son deudas, piensa que tal vez sea lo mejor, ya no habrá litigios por él y su minoría de edad. Una risa nerviosa le hace hablar liberándoselo de un peso demasiado grande:

—Rose tienes razón en lo referente a mi padre, seguramente se estará riendo de todos nosotros, allí donde esté.

Rose le acompaña con una risa menos nerviosa, aunque si igual de liberadora, no solamente ha sido Armand, sino que ha involucrado a Simón de la Croix, asociándolo en un engaño que debe mantener en secreto. Giselle y Celine, miran asombradas a Rose sin comprender el motivo de la risa, que, aunque no llegan a entender lo que sucede, suponen que ha aparecido algo que soluciona los problemas, pero es la anciana la que hace las observaciones que le permita comprenderlo:

—Tanta alegría me hace creer que habéis encontrado la solución, y que la mayoría de edad ya no es lo importante, creo que, hablando de la influencia de la Iglesia, Jean Baptista no tiene la seguridad de que sea el juez quien decida.

La reflexión de Giselle hace que la preocupación por una recaída de la anciana, no desean que recaiga una vez más, leen en voz alta cada documento y explican su contenido, que cae como un mazazo en el ánimo de la anciana que ya ha pasado en más ocasiones por situaciones similares, se repone rápidamente y pregunta:

—¿Qué sucederá ahora? No son nuestras las tierras, pero medio pueblo come de ellas, y el otro medio se beneficia. Esta noticia puede sumirnos en el caos.

El abatimiento de la anciana hace que Celine la abrace, y como si se tratase de una niña pequeña acaricia su pelo tratando de consolarla:

—No te preocupes abuela, no puede ser tan grave, la señora se ríe, seguro que el difunto señor dejó todo bien dispuesto para que no sucediera nada a sus tierras.

Un gesto de cabeza de Giselle deja entrever que la anciana ha recuperado gran parte de su antigua personalidad, todavía siente tristeza por la pérdida de su hija, y al mismo tiempo se siente contenta de haber confirmado que Jean Baptista es su nieto. Para ella comienza una vida de esperanza no exenta de preocupación, y contesta a su nieta;

—No estoy preocupada por las tierras, me preocupa más lo que pueda sucederles a estos dos locos.

Lo dice señalando a Jean Baptista y a Rose, que la miran con cara risueña, pensando que hay demasiada envidia escondida en aquellos en los que no debía existir ese pecado capital, da una palmada sobre su rodilla, dando a entender que ya está todo dicho por el momento y es Rose a que continúa hablando:

—¡En fin! Todavía queda por ver lo que dice el testamento, ahora tendremos que prepararnos para la celebración de mañana, creo que tendrán ganas de vernos en nuestro lugar de la iglesia, —y mostrando una sonrisa llena de picardía continúa hablando— Celine, a primera hora de la mañana llevarás los paños para revestir el altar de nuestro patrono San Miguel, asegúrate de que los escudos de armas se ven perfectamente —se despide de las dos mujeres, y dirigiéndose a Jean Baptista continúa— Acompáñalas hasta su casa, hay poca luz en las calles, cenaremos cuando regreses.

Giselle comprende que Rose desea quedarse sola durante un buen rato, y anima a los dos jóvenes para no interferir en los deseos de la condesa, y arropada por sus dos nietos se dirige hacia la puerta no sin antes dirigir una mirada cariñosa a Rose, que se dirige a Jean Baptista con voz suave:

—Te esperaré buscando más datos.

Buscar datos... buscar datos..., piensa Rose al quedarse sola en el despacho, debe repasar cada uno de los momentos vividos con Armand, y aunque le resulta una tarea dura, tiene el convencimiento de que fue durante alguno de esos momentos en los que su esposo planeó cada una de las acciones a llevar a cabo después de su fallecimiento.

No puede continuar debido al llanto que no le permite seguir recordando cada momento vivido con Armand, ya es hora de iniciar una nueva vida, y retomar sus antiguos proyectos, en espera de ver lo que sucede con esta nueva relación.

DIOS LO QUIERE

Los rayos de sol atraviesan los cristales del dormitorio incidiendo en la cabecera del lecho, Jean Baptista sentado en el borde de la cama sopla en el oído de Rose que trata de retirar con una mano la molestia, la risa del joven la despierta, golpea con su mano en el rostro de su amante propinándole una sonora bofetada. La risotada del joven la despierta totalmente y al darse cuenta de lo sucedido, lo besa repetidamente para contrarrestar el efecto del golpe. Se despereza mientras Jean Baptista observa cada uno de sus movimientos, el cabello suelto cae cubriendo una parte de su rostro, estira sus brazos y la tela de la prenda de dormir parece adherirse a su cuerpo, al ver como se animan los ojos del joven, Rose con harto dolor, piensa que no es el momento más adecuado para dedicarlo a otros «menesteres» más agradables que la distraigan de sus obligaciones, abandona el lecho y comienza a preparar la ropa que utilizará al día siguiente, Jean Baptista revolotea a su lado tratando de besarla al menor descuido, Rose ríe mientras intenta escapar de sus brazos, y al no poder desasirse protesta bromeando:

—Eres un pulpo. Ahora déjame sola tengo que preparar la ropa de mañana. Tú deberás hacer lo mismo.

Queda un día para mostrarse ante el pueblo, gritaría a los cuatro vientos su amor, desea salir a la calle sin tener que ocultarlo, eso es lo que le dice el corazón, sabe que de momento debe permitir que sea la mente la que tome las decisiones, necesita decir a todo el pueblo que Madame de la Roche, no es solamente esa jovencita de buen ver preocupada por su apariencia, ni tampoco es la buscona que todos creen, no se ha casado por interés con un hombre mayor para apoderarse de su dinero, lo hizo porque así se lo dijo su corazón. Rose, siente que el placer que le produce la adrenalina haciendo que se le acelere el corazón, hay algo en su interior que asciende hasta la garganta, aprieta los puños y piensa, «ahora sabrán quienes son los Condes de la Roche.

Giselle y Celine se fueron la noche anterior más tranquilas, pensando que todavía hay algún detalle que desconocen, Rose permanece en el dormitorio un rato más hasta que oye acercarse a la antigua sirvienta:

—Tienen el desayuno preparado, si desean algo especial para la comida no tienen más que decirlo.

—Muchas gracias Madeleine, creo que saldremos a pasear un rato si convenzo a Jean Baptista.

La anciana sonríe y pensando que Jean Baptista ya se encuentra totalmente convencido, y le dice sonriendo:

—Pondré un tentempié para por si tienen ganas de comer algo, lo tendrán todo preparado en la cocina.

Nada de lo que sucede en la casa pasa desapercibido para el servicio que ve con buenos ojos una unión entre los dos jóvenes, ya conocen a la condesa, es joven y no desean que se case con un desconocido, Madeleine golpea con los codos a su compañera al ver que sus jóvenes señores toman la decisión de dar un paseo antes de su gran representación del día siguiente:

—Necesito que el viento se lleve todos estos enredos y nos libere de preocupaciones, mañana tendremos un día bastante ajetreado. —Dice Rose pensativa mientras observa la capa de lavanda ondeada por el viento.

—Espero que tu idea con apariencia de vodevil y no termine convirtiéndose en una tragedia griega. Yo no soy Edipo.

Los dos jóvenes acaban de llegar a lo alto del «*Mont des Mors*», se encuentran sentados en el suelo abrazando sus propias piernas utilizan las rodillas de almohada en la que apoyan el rostro para mirarse con indolencia, el viento agita el cabello negro de Rose, haciendo que acaricie sus labios teniendo que retirarlo de vez en cuando de la comisura de la boca, sacando ligeramente la punta de la lengua para humedecerlos. Este gesto hace que Jean Baptista se excite, y se acerque a la mujer para pasar su brazo por los hombros de ella, los largos dedos del joven rozan suavemente el escote entreabierto del vestido que debido a su posición parece querer enseñar el canal que marca el nacimiento del pecho, provocando el deseo en los dedos de Jean Baptista, que buscan con suavidad ese hueco para introducirse por él, la respiración de Rose se ralentiza haciéndose más profunda, para generar un movimiento ascendente, descendente en los senos de la mujer, que se ofrecen sin pudor a la caricia. Con la misma suavidad la mano de Rose acaricia la mejilla del hombre, permitiendo que sus dedos traviesos jugueteen con los labios masculinos que los entreabre, devolviendo la caricia con la punta húmeda de la lengua, con su brazo atrae hacia él a Rose, que eleva con timidez el rostro ofreciéndole sus labios húmedos esperando unirse a los labios del hombre que ama.

El tiempo pasa, el viento y los sonidos de la naturaleza les invita a mantenerse tendidos en el suelo abandonándose a las caricias de sus labios que recorren su cuerpo, la ropa deja de ser un impedimento, se desprende ayudada por las manos cargadas de deseo, sin preocuparse donde van a parar cada una de las prendas, que poco a poco van quedando desparramadas por el suelo invitando a que un viento servicial y travieso las arrastre, llevándolas un trecho para revestir con ellas los arbustos cercanos, las horas transcurren inexorables, mientras la cesta del picnic se mantiene cerrada a cal y canto, los pájaros y alguna lagartija se acercan hasta ella, sin asustarse de los sonidos en forma de suspiros y ayes, que emiten los dos jóvenes que tendidos en una manta se mueven con frenesí.

El viento cálido de la tarde se va enfriando hasta convertirse en un húmedo relente al ir pasando las horas, a la vez que el sol comienza a declinar, el frío y el agotamiento debido al esfuerzo placentero, pero no por eso agotador, hace que los dos jóvenes se separen, entregándose resignados a un último beso con el que unen un te quiero y un yo más, transformándose en una sonora carcajada al ver su ropa ondeando al viento enganchada en los matorrales, que se niegan a dejársela robar por el viento. Jean Baptista se incorpora y corre dando saltitos al sentir que las piedras se claven en las plantas de los pies, para evitar que las prendas interiores femeninas vuelen hasta los campos, mientras escucha una súplica:

—¡Ten cuidado, son prendas muy delicadas!

La desnudez del joven provoca nuevamente las risas, que espantan a los pobres animalitos al no encontrarse cómodos con seres tan bulliciosos, Jean Baptista se dedica a corretear de arbusto en arbusto dando saltitos al pisar alguna piedra más afilada, mientras protesta por la risa de su compañera:

—Deja ya de reír y ayúdame a recoger toda esta ropa antes de que llegue alguien y nos vea en esta situación.

La alusión a que puedan ser vistos por alguien del pueblo hace que Rose se apresure a recoger sus prendas y comience a vestirse, un rato más tarde los dos vestidos con las prendas interiores con algún residuo de los matorrales, se encuentran dispuestos a iniciar el regreso, y una nueva carcajada, esta vez a cargo de Jean Baptista, que señala a la cesta de picnic para decir entre carcajadas:

—Creo que no teníamos hambre, Madeleine va a creer que no nos ha gustado su comida.

Entre risas y chanzas los dos se disponen a hacer honor a las viandas preparadas por la sirvienta, hasta que las primeras estrellas, comienzan a asomar para indicarles que ya es la hora de iniciar el regreso, y sonríen al pensar que Madeleine les habrá preparado una suculenta cena y no podrán decir que acaban de merendar.

***

Ya ha llegado el día «D», desde que comienza a amanecer, en la casa de los de la Roche las labores cotidianas dan paso a un continuo ajetreo, Madeleine, no recuerda nada igual después de la muerte del antiguo conde — el padre de Armand, tan dado a las festividades y celebraciones— ella era tan solo una niña cuando se dio cuenta de que en aquella casa había algunos días en los que señores y servidumbre perecían volverse locos, todos pasaban junto a ella para retirarla sin miramientos, hasta que encontró un escondite en el hueco de la escalera donde nadie la molestaba, era su observatorio desde el que pudo ir aprendiendo cuáles eran las obligaciones de cada uno de los empleados, al ver de nuevo los paños de tafetán, —creados con un antiguo tejido traídos de Samarcanda en la época de las cruzadas— con los colores de la casa de la Roche con el escudo de armas timbrado con la corona condal, se encuentran preparados para ser trasladados a la iglesia para revestir los reclinatorios y el altar de San Miguel, patrono de la familia y que ha servido como tumba desde los primeros condes. Madeleine recuerda que su primera obligación estaba relacionada con esos paños, ahora espera la llegada de Celine para realizar esta antigua tradición, la anciana sirvienta se emociona al pensar que el joven conde retomará las costumbres abandonadas por su padre, y aunque la antigua casa de los Roche no `posee el esplendor de antaño cuando una docena de sirvientes atenían a los condes. Dos horas más tarde, Madeleine se encuentra tranquila, piensa que Celine ha cumplido con su compromiso recogiendo los paños, desde la cocina oye los primeros tañidos de campanas de la iglesia parroquial, unos instantes más tarde, comienzan a doblar en su característico sonido que solamente se utilizan para la fiesta grande, se trata de un juego para los mozos que suben sus 132 escalones de la escalera de caracol hasta llegar a la trampilla que empuja el más rápido de todos, y entre risas por el triunfo, acompañadas de jadeos finalizando con un impulso de brazos para izarse sobre el suelo del campanario.

El sonido pausado de los zapatos en la escalinata de acceso al piso superior, hace que Madeleine salga corriendo de la cocina —frotándose las manos con el extremo del delantal—, y espere la aparición de Jean Baptista— su niño, como lo llama desde que era un bebé—,para verlo aparecer con el mismo traje negro, que utilizó en el entierro de Armand, pero en esta ocasión acompaña a su vestimenta una corbata azul cielo con dos bandas doradas en el centro, lo mira ensimismada, en unos días ha cambiado, ya no es un niño, al verla le sonríe haciendo exclamar a la mujer:

—Es el mismo retrato del señor.

El taconeo rápido de unos zapatos, los hace mirar hacia la parte superior de la escalera, y en unos instantes a través de los palos torneados de la barandilla de madera, ven aparecer los conocidos zapatos de tacón de lapicero de la actual Madame de la Roche, acompañados de unas largas piernas enfundadas en medias de nylon negras, que se pierden por debajo de un ceñido vestido negro, que su poseedora ha tenido que remangarse unos centímetros por encima de sus rodillas para permitir a sus piernas que puedan descender por la escalera con comodidad, Rose continúa bajando, colocándose al lado de Jean Baptista que se coloca de perfil, y deja escapar un silbido de admiración. Un mohín provocativo de los labios femeninos de color malva rosado haciendo juego con el color del esmalte de uñas — al que su creadora, la misma Rose, le ha dado el nombre de *«Pasión Lavanda»*—, es su manera de agradecer el cumplido, y sin mediar palabra, continúa su actuación como si se tratase de la mejor película de espías de Marlene Dietrich, desciende con un movimiento sinuoso de caderas y al llegar al zaguán, se inclina para estirarse bien las medias dejando que la costura quede totalmente recta, Jean Baptista la observa sonriente, y no deja de mirar el trozo de piel blanca que ha quedado al descubierto al separarse la chaqueta tipo sastre, dejando un hueco con de la cintura de la falda de tubo, tiene que contenerse para no introducir sus manos por el hueco de la chaqueta, aunque siente mentalmente el tacto suave de la lencería de un excitante color negro, desvía su mirada deleitándose con las caderas bien torneadlas que en la posición en la que se encuentra la mujer, forman un paréntesis, del que descienden las dos líneas rectas de la costura de las medias uniéndose perfectamente con el tacón del zapato, de nuevo silva el joven y ríe, verbalizando sus pensamientos:

—Hasta dentro del seminario me enteré de que fuiste la culpable de unos cuantos embarazos, estoy seguro de que hoy harás que se dispare la demografía en este pueblo.

La risa cantarina de Rose hace que Madeleine la mire con cariño y sonría maliciosamente, inmediatamente cambia el gesto de complacencia por otro con el que quiere ser más severa y le regañe a Jean Baptista:

—¡Niño, respeta a la señora condesa!

Dos carcajadas se sintonizan creando un coro que obligan a la vieja sirvienta sentirse ofendida, suelta la punta del delantal con la que se ha frotado las manos, y diciendo una sarta de palabras en el antiguo idioma occitano, regresa a la cocina, para que no la vean reír.

Jean Baptista desciende los pocos escalones que la separan de Rose que se apresura a girar el cuello con rapidez en una magnífica «cobra» evitando que el joven elimine el color de sus labios, llevándose con los suyos la muestra del «delito». Los dos sonríen por el juego, pero es la mujer la que rompe el momento de magia, abre su mano en la que guarda unas pequeñas piezas, para que completen el atuendo de quien será el próximo conde, que en un descuido de Rose la agarra de una mano para hacerle dar que de una vuelta sobre sí misma, y le dice satisfecha:

—No es momento de juegos. Es la hora de que completemos tu atuendo.

Sin que el joven proteste por la intromisión de Rose en su estilo, ella le coloca en la solapa de la chaqueta una insignia con el escudo de armas familiar timbrado de corona condal, igual que la que está engarzada en los gemelos que coloca en los puños almidonados de la camisa, la misma divisa que aparece en el prendedor de la corbata.

El tañido de la campana les dice que ya queda poco tiempo para el inicio de la misa, Jean Baptista reconoce ese sonido y trata de reconocer la campana que emite el sonido, no se trata de la «San José» esa ha sido la primera en sonar, su badajo golpea con fuerza en las paredes gruesas de bronce con plata, emitiendo un sonido poderoso, esta otra es más femenina, en su mente se dibujan las caderas de Rose, sonríe por la asociación y piensa que definitivamente se trata de la «Santa María», es así como tendrían que soñar esas caderas si fuesen una campana, sonríe al recordar los momentos de placer en la loma del «*Mont des Mors»*, Rose lo mira inquisitiva como si adivinase que lo que ocurre en la mente de su joven amante debe estar relacionad con ella, siente calor en sus mejillas, no se atreve a preguntar por el motivo de esa sonrisa malévola, y comenta:

—Creo que las campanas te traen recuerdos agradables.

—Más bien gloriosos. —Contesta el joven guiñándole un ojo mientras se dirige a la cocina en busca de un vaso de agua.

El comentario de Jean Baptista hace que Rose se ruborice al corroborar que el motivo de la sonrisa está relacionado con ella misma, agradece que el joven dirija la atención hacia Madeleine —que acaba de regresar de la cocina para dar el visto bueno al atuendo de los jóvenes—, con la que inicia una discusión en la que ella no desea intervenir, seguramente será debido al exceso de cuidados de la anciana que constantemente intenta que «su niño» coma porque todavía está creciendo. Unos golpes en la puerta hacen que desvíe su atención hacia la entrada, la incertidumbre sobre quién puede ser el recién llegado, Rose se adelanta y hace un gesto con la mano para que Madeleine se mantenga atendiendo a Jean Baptista, se encuentra con un monaguillo sudoroso, que espera en el umbral con la respiración agitada, al ver a la mujer de la que todos los adultos del pueblo no dejan de hablar a dos pasos de él, el muchacho abre la boca incapaz de formular palabra, no deja de mirarla tan solo extiende los brazos ofreciéndole un hábito de color negro, y consiguiendo reponerse, le dice entre tartamudeos apenas inteligibles:

—Ha di... dicho el Señor Obispo que es para Jotabe, que...que...—y dice de un tirón— que se lo ponga.

Nada más entregar la prenda, el monaguillo se dirige en dirección a la plaza, Rose se queda con la palabra en la boca, se asoma a la calle y ve la mancha roja de los ropajes del chico, y una esclavina flotando debido al impulso del viento, dando la impresión de que pueden descoserse los corchetes que la sujetan al cuello del hábito rojo de monaguillo, no tiene tiempo de hacer preguntas, y permanece mirando al final de la calle sorprendida por la visita. Se estremece al sentir las manos fuertes de Jean Baptista, sobre los hombros, y la voz más ronca que en otras ocasiones, —que por un momento le hace sentir la presencia de Armand, percibiendo en ella un resquicio de ira—, que pregunta:

—¿Quién ha venido?

—Ha sido un niño que te ha traído esto—le muestra el hábito y sigue hablando—, ha traído también un mensaje del obispo.

—El obispo, el ecónomo, el párroco y hasta la madre que los partió.

Dice Jean Baptista enfadado por la persistencia utilizada por los religiosos, Rose interviene tomándolo por el brazo para regresar al interior de la vivienda, y una vez en el zaguán, lo abraza y acerca su boca al oído del joven para susurrarle:

—Cálmate, ellos esperan que llegues como Jean Baptista, el joven y tímido seminarista que han conocido durante todos estos años, y se van a encontrar con el nuevo Conde de la Roche.

El contacto con el cuerpo de la mujer lo tranquiliza, necesita acercarse y aspirar el aroma a lavanda que impregna a Rose, se retira para mirarla fijamente a los ojos y después de hacer que su cuerpo crezca en apariencia unos centímetros, le dice solemnemente:

—Señora condesa, estamos preparados para enfrentarnos a esta lucha —recoge el hábito de las manos de Rose y continúa hablando—, esta será nuestra espada.

—Pues vayamos a esa guerra señor conde, y utilicemos otras armas más consistentes.

Ambos sonríen esperando que su aparición de motivos que se genere material para horas de cotilleos, el placer que sienten al imaginarlo hace que la adrenalina recorra todo su cuerpo, Rose se apoya en el brazo de Jean Baptista para iniciar el camino hacia la iglesia. De nuevo los recuerdos le hacen revivir la última vez que hizo ese mismo recorrido del brazo de Armand, y al hacerlo recuerda el placer que sentía él siendo el centro de las miradas de hombres y mujeres. Un nuevo tañido de campanas la devuelve a la realidad, se apoya con más fuerza en el brazo del hombre que camina a su lado, y comprueba que no siente el placer por las miradas, se siente fuerte junto al hombre que ama, el tañido se apaga, indicando que la ceremonia comenzará en breve, las puertas de los vecinos comienzan a abrirse dando paso a sus dueños que han procurado vestir sus mejores galas, nunca han visto en el pueblo una ceremonia igual, y al ver a los dos jóvenes que lucen los colores y corona del título, los miran con mucho respeto, ven algo en ellos que los ha cambiado, los dos pisan con firmeza y saludan con un leve movimiento de cabeza, sienten como si una tormenta estuviera a punto de estallar, agachan la cabeza les saludan con un simple:

—Buenos días Señor Conde—y continúan seguidamente levantándose de sus asientos—, Señora Condesa.

Los pocos clientes de *«Pierrot»*, la pequeña tasca que se mantiene a duras penas en un lugar privilegiado de la plaza del pueblo, en un día de fiesta tan señalado, han acudido a este lugar privilegiado de observación, aprovechando que su dueño coloca unas mesas y sillas de madera plegables, con suficientes manchas antiguas del líquido caído en su madera durante años, y según Pierrot, su dueño no es necesario cambiarlas por otras nuevas, los clientes no parecen hacer muchos ascos, y se mantienen de tertulia a la sombra de unos cañizos, colocados sobre una estructura de madera de la misma apariencia de las sillas y mesas, poco a poco el suelo comienza a sembrarse de huesos de aceituna, y aceite de unas latas de anchoas en salazón, que los parroquianos de la tasca van extrayendo de la lata, utilizando unos cuchillitos planos de lata que acompaña en a cada uno de los recipientes de las anchoas, remojándolas con un vino de la zona, a falta de una buena botella de Burdeos.

Aparentemente absortos en sus conversaciones, dejan las aceitunas, anchoas, queso y vino abandonados sobre la mesa para prestar atención a la pareja que acaba de aparecer por una de las calles que da acceso a la plaza, Jean Baptista hace ademan de saludarlos haciendo que Rose suelte su brazo y se adelante obligando a todos los clientes de la tasca a girar la cabeza para mirar sus movimientos ondulantes de caceras, y su típico toc… toc… toc de la tapa metálica del tacón de sus zapatos al pisar sobre las grandes losas de piedra, con tal maestría que sin mirar el suelo es capaz de evitar las juntas de tierra que forman la unión de las losas, el joven conde se acerca a ellos y coge una aceituna del platillo alargado que parece haberse quedado huérfana, y con ella en la boca observa a los mirones, que no se han dado cuenta de la cercanía del joven, después de mordisquearla y dejar el hueso limpio, Lo coloca en los labios y lo impulsa con fuerza convirtiéndolo en un proyectil que impacta en el vaso de vino más cercano, los componentes del grupo se asombran al escuchar el sonido del impacto que ha estado a punto de romper el baso y protestan, por hacerles perder un momento tan sublime:

—¡Has estado a punto de tirar el vino!

Inmediatamente eleva la vista y al ver al joven que lo mira sonriente, y al ver la insignia prendida en la solapa del traje, recorre con la vista el cuerpo del intruso hasta cruzarse con los ojos acerados de Jotabe, y con el rostro demudado por haber sido pillado, se disculpa torpemente:

—Hola Jotabe, quiero decir…

Recibe un codazo de uno de sus compañeros de mesa, que se apresura a formular una disculpa más elaborada que la de su compañero:

—No pretendíamos ofender a la Señora Condesa.

—De acuerdo, aceptó vuestras disculpas en su nombre, pero no os preocupéis —sonríe con picardía y les dice—¿A quién no le agrada mirar a una mujer así?

Todos los asistentes en la terraza de la tasca respiran con tranquilidad al ver que todo se ha solucionado felizmente y comienzan a resonar las risas nerviosas de los interpelados que se animan y comienzan a hablar entre ellos, es de nuevo el último que ha pedido disculpas el que mira al joven y pregunta:

—¿Estás seguro de que quieres ir a la iglesia?

Haciendo caso omiso de la pregunta Jean Baptista les hace una advertencia tocando «despistadamente» el prendedor de corbata:

Mirar no causa daño, pero de ahora en adelante procurad que esas miradas no se conviertan en algo molesto, la señora condesa todavía está de luto, no conviene importunarla.

Las risas se cortan, todos ellos han recibido el mensaje y saben que no es conveniente hacer engañar a alguien que heredará la mayoría de los terrenos del pueblo, Jean Baptista gira para dirigirse unos metros más adelante, Rose lo espera orgullosa de su comportamiento y apoyándose en el brazo que le ofrece el joven se dirigen hacia el pórtico de la iglesia, al contrario a cómo recuerda cuando acudía a la iglesia con Armand, en este momento lo hace apoyándose en el brazo de Jean Baptista, por primera vez los vecinos de Montpubien, ven a los condes juntos encaminándose hacia la entrada de la iglesia, dispuestos a hacer el recorrido por el estrecho camino que les hacen sus convecinos que remolonean retrasando el momento de adentrarse en el templo para observar cada detalle de en el vestuario de Rose, que comenta en voz baja:

—Al parecer tenemos un comité de recepción.

La apreciación de Rose no tarda en hacerse realidad, el grupo de fieles abren un hueco por el que aparece el obispo seguido del superior del seminario de la orden misionera al que acompaña el ecónomo y el párroco, revestidos con capas pluviales que esperan formando una barrera la llegada de los condes, se adelanta el padre superior y extendiendo sus brazos hacia el joven tratando de convencerlo para que tome los hábitos:

—Bien venido Jean Baptista, es hora de que te unas a nuestros hermanos en la Orden, y hagas tus votos. —Sonríe y deja que su vista se pierda en la lejanía y continúa— Os esperan en países lejanos para que llevéis las palabras de Jesús, tenéis una gran labor por delante, os esperan grandes retos que sabréis superar ayudados por la fe.

—Padre, he traído el hábito para que otro más digno que yo lo use. He descubierto que lo que Dios desea de mí camino sea la casa familiar, después del fallecimiento de mi padre soy el nuevo conde y mi obligación es la continuidad del título, y la gobernanza de mis posesiones materiales.

El sacerdote lo mira desconcertado, si es cierto lo que acaba de oír el seminario se encuentra en peligro, al parecer Jean Baptista les niega aquello que es propiedad de la Iglesia, y según los cálculos del padre ecónomo, llevan tiempo con las cuentas en números rojos, los benefactores han dejado de aportar las cantidades acostumbradas hasta ahora, y la mayoría de novicios pertenecen a familias sin muchos recursos que ingresan en el seminario con la intención de tener la vida resuelta al amparo de la Orden, es la única manera de acceder a unos estudios superiores de forma gratuita, trata de calmar su enfado y contesta con una suavidad servil, muy estudiada durante toda su vida:

—Hijo mío, eres demasiado joven, no te preocupes por las cosas del mundo, permítenos que nos hagamos cargo de todas esas cosas, y utilizarlo todo para los designios de Dios, has quedado huérfano, nosotros seremos tu familia.

Estas últimas palabras hacen que Rose que ha permanecido separada, se acerque a ellos retirando la parte del velo de blonda —que utiliza para cubrir el pelo en los actos religiosos— dejando al descubierto el broche que adorna la solapa de su chaqueta, para mostrar el escudo de armas y la corona condal, interviniendo en la conversación:

—Es cierto que Jean Baptista no ha alcanzado la mayoría de edad exigida por la ley, pero no es cierto que no tenga familia, afortunadamente todavía vive su abuela y sus tíos, por mandato de Armand, es su abuela la tutora que ha designado su padre para representarlo, y el doctor Robert y yo misma somos sus albaceas.

El religioso no puede disimular un gesto de contrariedad, y piensa que la tan criticada Madame de la Roche, resulta tener ínfulas de condesa, siente como rechinan sus dientes al hacer mención de su abuela, que según se ha informado pertenece a una descendiente de condenados a la hoguera. Piensa que esta condesa no sabe que la Iglesia es un enemigo implacable, puede ser amorosa o despiadada. Se da cuenta de que la mujer espera una respuesta, y tomando una bocanada de aire se dispone a darle una lección magistral:

—Madame de la Roche, —comienza sonriente el sacerdote— soy yo como superior de la congregación a la que nos fue encomendada su educación en la fe cristiana, el único tutor legal, si bien es cierto que la mayoría legal corresponde a la justicia de los hombres, por encima de ella hay otra justicia superior. Ya lo dijo Jesús; «...*dad al Cesar lo que es del Cesar y a Dios lo que es De Dios*»

Esta perorata del religioso de la que se siente tan satisfecho enerva a Rose que trata de mantenerse firme para encontrar el alegato en contra del fanatismo del fraile, piensa que, en ausencia de Armand, es ella quien tiene la obligación de defender los intereses de su familia, y sin dar tiempo a que el padre superior retome sus razonamientos se muestra tajante:

—Es cierto que soy Madame de la Roche por mi matrimonio, pero en este momento soy Rose de Montpellier y de la Croix, condesa de la Roche, como le he dicho soy albacea del hijo de mi fallecido esposo, a quien debo obedecer como prometí el día de mi boda, y según su deseo protegeré a Jean Baptista.

El tono imperativo de la mujer hace que el argumento del padre superior pierda su valor, el religioso recoge el hábito que le ofrece sonriendo Jean Baptista y regresa al lado del obispo que golpea impaciente con la planta del pie en el suelo, y no duda en iniciar sus preces para adentrarse hasta el altar mayor, el resto de fieles que han estado presentes en la disputa esperan a que los condes decidan penetrar en el templo, forman un camino para que pasen y les saludan mostrando el respeto del que han gozado durante generaciones.

EN NOMBRE DE DIOS

El olor a incienso impregna toda la nave, el obispo dirige el oficio acompañado de dos sacerdotes revestidos de dalmática, los tres caminan alrededor del altar mientras cantan preces en latín, los acompañan un coro de monjes que rodea el facistol entonando a coro los himnos relativos a esa fecha, los cantores se centran en las hojas pautadas colocadas en la repisa del facistol, y lo hacen girar al llegar al final de cada hoja, mientras que el padre Raimundo se explaya con el teclado del órgano al que acaban de limpiar, aunque de vez en cuando hace un gesto de desagrado porque estima que necesita la visita de un técnico organista que realice una buena labor de afinado y reparación de los fuelles.

En su sitial, el obispo permanece impasible, cierra los ojos meditando en el contenido de las preces que resuenan por la nave del templo, aunque hay quien piensa que si tardan mucho tiempo en acabar todos esos cánticos tan monótonos, el prelado acabará cayendo en los reinos del sueño, algo muy distinto es el verdadero entretenimiento de los fieles que corre a cargo de los monaguillos que no entienden de latines, y tampoco les importa lo que cantan los monjes, aprovechan el momento en el que los sacerdotes se encuentran inmersos en profunda meditación, en que inician sus jugueteos, unos cuantos pugnan por empujar a un compañero para tirarlo de la grada en la que se encuentran sentados, por la que deslizan sus posaderas para hacerlo caer de la plataforma, mientras el resto de los fieles aburridos buscan nuevas emociones, observan a los titulares del altar de San Miguel, que en contra de lo que podría suponerse, y debido al enfrentamiento ocurrido en la entrada, permanecen impasibles, dando la sensación de que el tiempo no transcurre en esa parte de la iglesia.

Preces, epístola, evangelio, todo esto pasa desapercibido sin que los asistentes les presten atención, con la mirada puesta en los condes, esperan que el padre Pascual se encarame al púlpito para «deleitarlos» con un sermón que todos consideran que será impredecible, si tendrían que apostar, la mayoría optaría por pensar que será incendiario debido a la discusión que la mayoría ha podido presenciar, y que no han tardado en comentar on aquellos que no la han presenciado, mientras esperan el sermón, los monjes del coro entonan el «Te Deum» para dar gracias por el acto que se celebra. El orador espera un momento después de finalizar el canto, se agarra a la barandilla impulsándose hacia arriba dando la sensación de haber crecido un palmo, pero la realidad es que aprovecha este impulso para subir a una repisa tratando de impresionar a los asistentes, él aprovecha esta ocasión pronuncia unas palabras en latín y dar más solemnidad al acto.

Mientras continúan sonando el órgano, los condes escuchan una voz conocida que susurra a la espada de Rose, que no mueve un músculo para evitar que la risa rompa su estatismo:

—En un instante habéis conseguido más enemigos por metro cuadrado que la densidad de habitantes de este pueblo.

Un simple gesto de la cabeza que realiza Jean Baptista, y un mohín hecho por los labios de Rose, son los únicos detalles que demuestran que los condes no se han convertido en estatuas de sal. En el púlpito, el padre Pascual antes de comenzar el sermón mira a los asistentes con un gesto de triunfo, convencido de que su sermón será el dedo acusador de las fuerzas del mal, y comienza su alocución en un tono sugerente, haciendo que su voz llegue a todos los rincones del templo, tratando de captar la atención de los fieles, y su apoyo:

—¿Quit ut Deus? —y seguidamente lo repite en la lengua de Oc—¿Quién como Dios?

Los asistentes al acto dejan de prestar atención al sacerdote para dirigir la mirada hacia el altar de San Miguel, en el que el Arcángel lleva la misma cita grabada en su escudo, mientras su diestra blande una espada flamígera, y con su pie pisa la cabeza de Lucifer, el ángel portador de luz y arrojado a los infiernos por creerse como su creador. El padre Pascual continúa elevando el tono de su voz en un intento de impresionar a sus oyentes, continuamente hace hincapié en las llamas del infierno, para derivar su alocución hacia los peligros de la carne, y el influjo de la serpiente que puede hacer que caiga en la tentación un joven puro e inexperto, todos los asistentes se adelantan en los bancos tratando de no perderse ni la menor parte del sermón, en espera que el párroco que toma aliento dirigiendo su mirada desafiante hacia el reclinatorio en el que Rose lo escucha con atención, continúe con sus ataques claramente reconocibles para los asistentes, extasiado por su perorata el sacerdote fija su mirada en un lugar indefinido del techo, como si buscase la iluminación celestial, y comienza un nuevo ataque con voz grave y lenta, uniendo la destrucción efectuada por Simón de Monforte, con la lucha del Arcángel San Miguel contra las hordas del demonio sellándolo con un grito de «*Dios lo quiere*» como si estuviera arengando a los feligreses a una nueva cruzada.

La soflama emitida desde el púlpito, alarma a Rose que hace una indicación al médico que todavía permanece al lado de Jean Baptista:

—Haz el favor de pedirle a León y a quienes se encuentren en «Pierrot» que nos esperen a la salida de misa, diles también que es Madame de la Roche quien les pide su ayuda, y que uno de ellos se acerque hasta la casa de Giselle, necesitamos a toda nuestra gente.

Los fieles que se sientan en las bancadas más cercanas a los condes se encuentran incómodos por el contenido del sermón, al que le atribuyen un alto contenido en la instigación que anime a algún exaltado a convirtiese en el brazo ejecutor de Dios. Preocupadas por que pueda suceder algún desaguisado, una a una van levantándose las mujeres de sus bancos, una veintena en total que tienen en común un avanzado estado de embarazo, temiendo que con algún tipo de alboroto comiencen las primeras contracciones, acaban de levantarse en el momento en que un relámpago ilumina los vitrales en los que San Miguel pisa la cabeza de Satán dejando sin iluminación eléctrica el templo, los maridos de las mujeres embarazadas, colocados a la derecha de la nave, se preocupan al verlas levantarse de sus bancos, temen por su estado de sus esposas, creyendo que se trata de un parto colectivo, —han llegado a escuchar que esas cosas pueden suceder con el cambio de luna— y pensando que comienza la luna llena, tratan de salir al exterior para ver qué es lo que sucede, y alguno de ellos asustado comienza a llamar a voces al médico. Una ola de pánico provoca que en unos momentos queda vacía la iglesia entre carreras y empujones, haciendo que se forme el bloqueo en las puertas, llegando a creer que se derrumbaba la techumbre del templo, y los gritos del padre Pascual no ayudan a calmar los ánimos:

—Miremos al cielo, Dios nuestro Señor nos enviará una lluvia de fuego para abatir al maligno.

Los gritos del padre Pascual y un relámpago al que sigue un trueno, hace que los fieles se apresuren a dirigirse a la salida provocando caídas y contusiones entre los más ancianos y con menos estabilidad de sus músculos, pero tal vez con más miedo por la cercanía del momento de su muerte. En unos momentos se desata el caos en el templo, los miembros del coro abandonan sus asientos al atacar el padre Raimundo el «pedalero» con un sonido de viento aspirado con fuerza para dar inicio a los acordes de los himnos marcados en las hojas pautadas del facistol, pero las gargantas de los cantores se niegan a emitir sonidos, tan solo se escucha el alboroto de los fieles que buscan la salida del templo. El padre Raimundo enfadado al no oír a los cantores deja de aporrear el teclado y se gira para dirigirles una de sus reprimendas, es consciente del alboroto generado unos metros por debajo de él, preocupado corre a la barandilla del coro en el mismo momento en que un nuevo relámpago ilumina toda la escena a través del lucernario Al ver el pandemónium que se ha formado, eleva los brazos al cielo y con la voz más estentórea que es capaz de hacer brotar de su garganta, grita:

—¡Arrepentíos pecadores! El fin del mundo se acerca, en este pueblo que anida el demonio.

Si la prédica del padre Pascual había hecho creer a los feligreses que el templo los aplastaría al hundirse el techo un tanto deteriorado, los gritos del padre Raimundo desde lo alto del coro los impulsa a buscar la salida sin tener en cuenta a quienes no pueden hacerlo con tanta ligereza. Los cantores asustados se agrupan detrás del organista, que se aferra a la barandilla del coro para ver un paisaje desolador, en los alrededores del altar mayor, el obispo pasea nervioso seguido de los sacerdotes que concelebran la misa junto a él, a un lado un grupo de religiosos preparados para realizar la ceremonia de votos, esperan indecisos sin saber qué es lo que deben hacer. El punto más dramático lo pone el padre Pascual que en lo alto del púlpito, abre los ojos desmesuradamente y lleva sus manos a la cabeza intentando agarrarse los escasos pelos que le quedan, sin llegar a comprender lo sucedido, todavía se encuentra enajenado debido a su fervor religioso en el que está imbuido, y solamente encuentra una solución para entender que los fieles abandonen la iglesia como si los persiguiese el diablo, y no deja de decir:

—Esto es obra del demonio. Señor, Señor, ¿Por qué me haces pasar por estas pruebas?

Dirige la mirada hacia los bancos que hay a su derecha de la nave central, deteniéndose al llegar a los reclinatorios del altar en honor de San Miguel, y ver a Rose y Jean Baptista, sentados tranquilamente sin inmutarse por lo sucedido. El padre Pascual no llega a creer lo que está viendo, vuelve a mirar hacia el altar lateral creyendo que no es real, se rasca la cabeza antes de murmurar:

—Deben de ser encarnaciones del maligno, — y piensa en voz alta— seguramente se trata de un sueño, o tal vez me estén poniendo a prueba, estos demonios desaparecerán en el mismo momento en el que les muestre el poder de la cruz. Debo preservar la inocencia de este joven.

Cierra y abre los ojos unas cuantas veces hasta que los que cree demonios no se encuentran en ese lugar, continúa abriendo y cerrando los ojos y eleva un crucifijo por encima de su cabeza, y los reclinatorios continúan vacíos. Suspira y eleva a vista al cielo hacia el lucernario de la cúpula para ver que comienza a oscurecer a una hora en la que el sol debería lucir con fuerza, un nuevo relámpago ilumina la nave del templo, y un toc... toc... demasiado conocido le hace bajar la mirada dirige la mirada hacia el pasillo central, y un nuevo relámpago ilumina sus enemigos, la imagen de Rose agarrada al brazo de Jean Baptista, haciéndole ver que todo lo anterior no ha sido una visión, otro relámpago seguido de un trueno lo hace descender del púlpito, para ir a protegerse en la sacristía junto al resto de religiosos, mientras exclama:

—Jesús, Jesús, protégeme de nuestros enemigos.

El silencio del interior del templo contrasta con los gritos de unos momentos antes, las preguntas de los sacerdotes se han ido apagando al adentrarse en la sacristía, solamente quedan los sonidos cadenciosos de los tacones de la condesa, y el chirrido producido al empujar la puerta de salida Jean Baptista, los condes salen de la iglesia y se ven inmersos de golpe en una maraña de gente que al ver salir a la pareja los rodean para que Jean Baptista responda a todas las preguntas:

—¿Lo que ha dicho el párroco tiene que ver contigo?

—Tiene que ver con ellos y su necesidad de bienes que les permitan subsistir.

Todos los que han quedado en el atrio son aparceros, su sustento depende de que las tierras de los Condes de Roche se mantengan con las mismas condiciones, entre ellos ha corrido la voz de que la Iglesia pretende apoderarse de la herencia de Jean Baptista, todos ellos se encuentran asustados, debido al poder que atribuyen a la Iglesia, comienzan a hablar entre ellos hasta que León, como capataz de los trabajadores de los condes, los hace callar y pregunta a Jean Baptista:

—Son nuestras tierras porque las hemos trabajado, y antes lo hicieron nuestros padres y nuestros abuelos. ¿Qué piensas hacer?

—Trabajar.

La respuesta breve y firme de Jean Baptista, hace que vuelva la esperanza a los rostros de todos los presentes, Rose se ha mantenido en silencio para no interferir en la decisión del joven, da un paso hacia el grupo y les dice:

—Está tarde necesitamos reunirnos con un representante de cada familia para planear lo que debe hacerse, León, avisa a los que no han venido, pero antes queremos hablar con Giselle.

***

Los primeros rayos solares tiñen de rojo un cielo que torna en azul cada vez más luminoso, al nocturno azul intensamente marino, anunciando que será un día caluroso y seco, según lo acordado la noche anterior entre todos los cabeza de familia de los aparceros, es el momento de iniciar el trabajo, los hombres provistos de hoces se van colocando al inicio de las hileras, con el sol a su espalda esperan la voz del capataz, que espera los últimos preparativos para dar la orden de iniciar la siega, tras ellos van disponiéndose mujeres dispuestas para recoger en cestos de mimbre las manadas de tallos cortados que reciben de manos de los segadores, cubren su cabeza con pañuelos y sombrero de ala ancha para impedir que los rayos de sol queme su rostro, la espera parece acabarse al ver acercarse un tractor con remolque, cargado de hombres provistos de hoces que saltan al camino al frenar el vehículo. La alegría de todos los segadores que esperan comenzar la jornada, al ver cómo se incrementa la plantilla, las mujeres comienza a bromear entre ellas mientras miran a los hombres que llegan desde los pueblos vecinos para agilizar la recolección, entre ellos se encuentra Jean Baptista que tiene que aguantar las bromas al verlo recoger una hoz de manos del hombre que encabeza la hilera central, un grupito de mujeres se le acercan por la espalda y empujan a la joven más cercana, haciéndola caer encima de Jotabe, provocando una caída aparatosa de los dos jóvenes que aterrizan en el suelo, teniendo que escuchar las risas de todas ellas y hasta unas bromas un poco subidas de tono de la mujer más alta que permanece junto a Jean Baptista para comenzar la jornada:

—Ten cuidado Jotabe, que en este pueblo hay muchos embarazos últimamente.

—No me extrañaría nada, según dice Madame la lavanda hace que se animen los hombres.

La voz potente del capataz indica que es momento de iniciar la jornada, las bromas desaparecen y las hoces comienzan su labor, los manojos de tallos de lavanda cambian de mano hasta ir completando los cestos, que son sustituidos por otros vacíos.

Inexplicablemente para los jóvenes segadores es Jotabe el que va adelantándose al resto, seguido por la mujer alta que llena los cestos, pero antes ordena al hombre que tiene que retirarlo para transportarlo hasta la camioneta. Jean Baptista se inclina sobre las matas de flores y hace que su hoz se mueva incansable, todavía recuerda las enseñanzas de León durante su infancia, y lo hace con la pericia de un segador avezado. El sol se encuentra en su cenit y Jean Baptista se incorpora tan solo para beber agua y mirar al resto de segadores que tratan de no quedar rezagados:

—Hemos terminado esta finca.

El grito del capataz es coreado por los trabajadores —que se dedican a realizar ejercicios que les ayuden a desentumecer los miembros doloridos de sus cuerpos, antes de dirigirse a las camionetas que han transportado los tallos de lavanda para llevarlos al secadero—, avisa del final del trabajo del día. A lo lejos se escucha el repique acelerado de las campanas de la torre de la iglesia de Montpubien, un instante después otros repiques más lejanos se suman a los primeros, las voces se apagan, los que hasta hace un momento gritaban y saltaban de alegría, callan invadidos por el miedo, desconocen lo que sucede, y los recuerdos a los avisos de la aviación durante la guerra, hacen que se encuentren con los pies clavados a la tierra, no pueden o mejor dicho no se atreven a moverse atados por el miedo, una voz de mujer hace que se rompa el silencio:

—¡Están tocando a rebato en todos los pueblos del valle! ¡Todos a la camioneta!

Obedecen la orden sin ocuparse de saber quien la ha dado, el miedo y la preocupación por lo que pueda suceder les ha hecho ocuparse más por su seguridad, solamente después de ocupar un lugar en la caja de las camionetas el capataz se da cuenta de que Jean Baptista permanece en tierra junto a la mujer con la que ha formado pareja durante la recogida de la lavanda, los motores comienzan a rugir expulsando el humo por los tubos de escape como si invitaran a los dos a subir a su remolque para dirigirse al pueblo y conocer el motivo por el que las campanas no dejan de tocar a rebato.

—¡Jotabe! ¡Jotabe!

El aludido mira hacia la dirección por la que ha escuchado su nombre, coloca su mano haciendo visera para protegerse de los rayos solares que caen a plomo a esa hora del día.

—Ese chico…—Dice la mujer que mira hacia el mismo punto que Jean Baptista.

—Es Émile, uno de los monaguillos—, contesta Jotabe preocupado.

Al ver acercarse al chico, los participantes en la recolección descienden de los vehículos, y se van acercando a Jean Baptista, nadie repara en la mujer debido a que el sombrero y el pañuelo ocultan su rostro, y su vestimenta no varía en nada con la del resto de mujeres, la han visto moverse con soltura entre las plantas demostrando que conoce ese tipo de trabajo, solamente al ver llegar corriendo Émile, retira a los hombres que se han colocado al lado de Jean Baptista y se quita el sombrero y el pañuelo dejando al descubierto su rostro, para correr al encuentro del chico que al verla ante él se azora, habla con dificultad recordándole a Rose el momento en el que le entregó el hábito de Jean Baptista, reconoce que el niño no es el culpable de nada, tan solo fue el mensajero, no puede contener su ira pregunta con un tono un tanto airado:

—¿Te envía el párroco a hablar con Jean Baptista?

—No... no señora, me envía Giselle para decirles que ha habido un accidente y hay muchos heridos. —Esto último lo dice de un tirón.

—Cálmate Émile, y dime todo lo que sepas. —Dice Rose

El muchacho comienza a dar explicaciones de lo que ha sucedido, mientras todos los trabajadores se colocan a su alrededor y aunque miran a Rose nadie muestra su extrañeza al verla como cualquiera de las otras trabajadoras, prestan más atención a lo que cuenta Émile, y comienzan a preguntar:

—¿Qué haremos ahora?

—¿Cómo ha podido suceder?

Jean Baptista se acerca a Rose y coloca sus manos en los hombros de la mujer, un gesto que no pasa desapercibido para el resto, que sonríen con agrado, en ese momento se disipan las dudas sobre su futuro y se hace el silencio en espera de que los condes les digan que es lo que se debe hacer:

—Al parecer ha habido un accidente, tres tractores han sido arrastrados por una avenida de agua.

—Habéis oído lo que ha sucedido, habrá heridos y quien sabe si también habrá algún muerto, iremos a ayudar.

Las palabras de Rose hacen que la mayoría se santigüe y se escuchan murmullos en voz baja temiendo que, si lo dicen en alta, llegue a hacerse realidad, y aun así puede escucharse una serie de «Dios no lo quiera» seguido de otros tantos «así sea», y es el capataz quien a un gesto de Rose les grita:

—Ya está bien nos necesitan a todos en el rio

Los motores rugen con más fuerza y los vehículos comienzan a moverse con las protestas de Rose que no ha tenido tiempo de encaramarse al remolque de uno de ellos, mientras que Jean Baptista no pueda hablar debido al ataque de risa que sufre — o, mejor dicho, que goza — al ver el gesto de enfado con el que se ha revestido el rostro de la mujer, que grita a pleno pulmón:

—¡Esperad que no he terminado! —mirando a Jean Baptista le dice levantando un dedo acusador— Seguro que cuando lleguemos a casa no vas a reír así, pero antes encárgate de que preparen el almacén grande para convertirlo en hospital de campaña.

Desde lo alto de los remolques las mujeres comienzan sus pullas acompañadas por las carcajadas de los hombres que necesitan soltar la tensión del drama con un poco de humor, es Madame de la Roche la que reaparece en el lugar de la Rose que ha compartido fatigas y risas con todos ellos, y se dirige al joven Émile para darle órdenes:

—Di a Giselle que llame a cuántas mujeres sean necesarias y que le pida a Madeleine todas las sábanas que necesite para hacer vendajes, y que las lleven al almacén. Y no se te olvide de que me lleven ropa limpia como esta para mí. —Señala a la ropa que lleva para el trabajo.

Nada más terminar de hablar la condesa, dos hombres se apresuran a descender del remolque, uno de ellos pone una rodilla en tierra para que la otra pierna le sirva de escalera mientras que el otro extiende los brazos para que se apoye y pueda encaramarse hasta la plataforma del remolque, en la que el resto de mujeres la reciben con muestras de afecto, el trabajo intenso del día y la toma de decisiones para ayudar a los accidentados ha hecho que consiga en un solo día la aceptación que ha buscado desde su llegada, se le acerca Celine para decirle en voz baja:

—Les acabas de dar noticias para que se comenten en las reuniones durante más de un año.

—Puede ser que tengas razón, pero se acabarán cuando compren un televisor.

Al decir la última palabra, Rose se agarra del brazo de Celine para evitar una caída, las otras mujeres que permanecen a su lado se dan cuenta de que la condesa ha sufrido un mareo, lo demuestra su rostro demacrado y el brillo de su frente debido al sudor, Celine se asusta y le pregunta:

—¿Te encuentras bien?

—Si, me encuentro bien, desde que falleció Armand he tenido algún pequeño mareo, es posible que se deba a la preocupación por todo lo que sucede con Jean Baptista.

—¿No estarás embarazada? —Pregunta Celine esperando que no sea cierto, o al menos que no sea de su primo.

La conversación de las dos mujeres se ve interrumpida por la voz de capataz, avisando de que ya comienzan a verse los tractores volcados y cubiertos por el agua del rio que está comenzando a anegar campos de lavanda. Una primera valoración de Rose le permite ver que los heridos se encuentran atendidos por las gentes de los distintos pueblos, se dirige al capataz para que inicie la siega urgente de los campos que comienzan a anegarse, y trata de aclarar las dudas que muestra el rostro del hombre:

—Los accidentados están siendo atendidos, al menos hay tres médicos que saben mejor que nosotros como se trata a un herido, iré a decirles que los trasladen a nuestro almacén, mientras tanto comienza a segar hasta que lleguéis a un punto en el que las plantas se encuentren fuera del alcance de la riada.

—Estas tierras no son las nuestras. —Dice el capataz.

—Es cierto que no son nuestras tierras y que sus dueños no son nuestros aparceros, pero su pérdida supone la ruina de unas familias, y no estoy dispuesta a que se arruine nadie, si necesitamos más mano de obra, seguramente habrá muchos mirones, les pediré ayuda.

Se hace el silencio entre los dos, el capataz se dirige hacia su gente y comienza a dar órdenes para agilizar la recolección de las plantas que comienzan a ser alcanzadas por el agua, deben darse prisa antes de que llegue la avalancha de agua y lodo, no tienen mucho tiempo, en cuanto ve que los segadores mueven las hoces con ligereza, se dirige a un almendro cercano y rasga una rama joven, corre con ella pendiente arriba para clavarla en el suelo y grita haciendo bocina con las manos para que todos los trabajadores lo oigan:

—Tenemos que llegar a este punto antes que lo haga el agua.

Esta acción no pasa desapercibida para los mirones que comprenden lo que intentan hacer, uno a uno se dirigen hacia los tractores volcados que permanecen envueltos en lodo como si se tratase de monstruos heridos, buscan las hoces de los accidentados y elevándolas al cielo en señal de triunfo a pesar de que se encuentran sucias por el barro, corren hacia los campos de lavanda sumándose a la siega en una lucha contra el tiempo, sin escuchar el rugido de la nueva tromba de agua que ya se acerca a la salida del cañón por el que navega encauzada, para derramarse por el valle liberadas del cauce de roca y tierra, amenazando con arrastrar a todo lo que encuentren a su paso. León —el capataz—, observa a su gente que trata de apresurarse para que la riada no se lleve el sudor de todo un año, y como si tuviera poder de bilocación, vigila al mismo tiempo el lugar por donde se espera la próxima llegada del agua, su vista sigue a Rose que se mueve entre los heridos que se encuentran tendidos en la hierba después de haberlos sacado del agua, la ve señalar insistentemente hacia los tractores que han utilizado para transportar la cosecha recolectada por la mañana, fija en ella la mirada y dice en voz alta con admiración:

—¡Menuda mujer!

Mientras anima a los trabajadores para que realicen un esfuerzo más y lleguen al límite que ha marcado con la rama del almendro, repasa cada una de las palabras que se dijeron en la reunión de la noche anterior, —o, mejor dicho— lo que le dijo su madre Giselle al salir de la reunión:

—Debes ayudar a la señora condesa, es de la familia.

León trata de comprender el motivo de su madre para hacerle esta petición, y los motivos familiares aludidos mientras observa admirado la capacidad de trabajo demostrada por Rose, repasa lo sucedido esta misma mañana, decide que necesita saber más de todo lo que sucede en su familia, se acerca a la hilera en la que ha visto que se encuentra Celine, golpea suavemente en el hombro de la joven que se altera al verlo a su espalda:

—¿Sucede algo?

—No lo sé eso tendrás que decírmelo tú. —Contesta León con el ceño fruncido para intimidar a su sobrina

—Si crees que he hecho algo mal, me lo dices y sanseacabó, y no andes con acertijos. —Responde Celine.

—Parece ser que te llevas bien con tu nueva prima, te he visto hablar con ella muy animada—León la mira fijamente y le hace una pregunta—¿Hay algo que debería saber?

Durante un rato Celine guarda silencio intentando preparar la respuesta adecuada, no puede desvelar lo que hay pocas personas que conozcan la relación existente entre Jean Baptista y Rose, y mucho menos lo que sospecha, y hace lo único que se le ocurre en ese momento, mira hacia el lugar que se encuentra Rose y dice:

—No sé nada, pero si te interesa, vamos y le preguntas a la interesada.

—Mira niña, eres una descarada, te pareces a mi madre, te aprovechas porque eres mi sobrina preferida.

Una carcajada es la respuesta de Celine, mira de nuevo hacia el último lugar que ha visto a Rose junto a una enfermera de uno de los pueblos cercanos, encaramarse al último de los tractores en el que acaban de depositar al último herido, ve a su tío que vigila el río en el que comienza a elevarse el nivel de las aguas, y mira preocupada al centro del rio por al que comienzan a descender troncos y basura, se tranquiliza al ver que sus compañeros se acercan a la línea imaginaria que marca el límite de las aguas estimado por su tío. Comienza a decaer la luz solar y corre para ayudar a sus compañeros que intentan rebasar esa línea, tras la que comienzan a sentirse seguros. El rugido del agua les avisa que deben ascender hasta un lugar más seguro, en la otra margen observadores de los pueblos cercanos tratan de alejarse de la orilla, y en un momento las aguas se precipitan arrasando los campos sin alcanzar la rama que ha colocado León para señalar el límite previsto, que se mantiene enhiesta, dando la sensación de que trata de enfrentarse a la fuerza bruta del agua.

DIES IRAE

El padre Pascual recorre el patio de la rectoría dando zancadas que entran en contradicción con la calma que necesita para poder hojear el Breviario. Sus ojos pasean nerviosos por las grandes letras en negrita de los versículos. Todavía no entiende lo sucedido el día anterior durante el sermón, como tampoco comprende el enfado del obispo, y mucho menos el del padre superior del seminario que llegó a culparlo a él de todo lo sucedido. Las letras bailan impidiéndole centrarse en los salmos mientras él trata de exculparse de esas acusaciones y piensa que tanto el padre superior como el obispo han sido demasiado avariciosos, cierra el libro y lo aprieta con sus manos nervudas hasta que las articulaciones de los dedos se tiñen de blanco al impedirles que fluya bien la sangre, a fin de cuentas si alguien podría merecer esa herencia es la parroquia, piensa en Armand, era un buen cristiano y con toda seguridad habrá dejado alguna cantidad para reparar la iglesia, y él está obligado a cumplir los deseos del fallecido, que entran en pugna con los deseos de sus colegas, y recordando que quieren dejar sin nada de la herencia a la parroquia, sus labios repiten sin cesar:

—Dies irae, dies illa...

Su mente vuela recreando escenas apocalípticas mientras sonríe imperceptiblemente, con la vista perdida en un punto lejano, piensa; «sí que será un día de ira, ya lo predijo el Rey

David, y también lo hizo la Sibila, a pesar de que según dicen los antiguos adoraba a otros dioses, pero que se le va a hacer... nadie es perfecto». El ladrido de un perro le hace prestar atención a la calle, no muy lejos Ricard se entretiene lanzando un palo para que su perra lo busque, el padre Pascual ve al animal y sonríe contento al ver cómo pasa una nueva idea por su mente, y sin poderse contener grita:

—¡Sansón!

Los ladridos de Gloria responden al grito del sacerdote, como si el animal comprendiese lo que ha querido decir el humano, al gritar el nombre del juez hebreo, la *«frenchie»* se muestra inquieta al acercarse al sacerdote como si fuera consciente de lo que está pensando ese ser que viste de negro. Puede ser que el pobre animal intuya algo que le asusta, pero la mente del padre Pascual se encuentra inmersa en una cacería de zorras, se relame imaginando la escena en la que las alimañas transportan manojos de paja incendiada y atada a sus colas para incendiar los campos, satisfecho por haber encontrado una solución, masculla:

—Si la herencia desaparece, todos estos tacaños se quedarán con un palmo de narices.

Un aullido de Gloria hace reír al sacerdote que olvida sus planteamientos anteriores para dejar que sea el destino quien se haga cargo de elevar hasta el Supremo Hacedor sus ruegos y eleva los brazos al cielo para entonar el salmo 109, solicitando la venganza divina. Ricard no sale de su asombro al ver cura y perro enzarzados en una extraña danza amenizada por los cantos disonantes del sacerdote y los ladridos de Gloria que salta intentando atrapar su palo que sirve de batuta al párroco, asustado corre a retirar a Gloria para que en alguno de sus saltos no empuje al padre Pascual haciéndole caer al suelo y pueda producirse algún daño, antes de que el médico llegue a retirar a la juguetona perra, esta se retira y comienza a temblar como si la atravesase un soplo de aire gélido, después eleva el hocico y comienza a emitir un aullido lastimero, los dos hombres miran al animal asombrados por su cambio repentino, Ricard se le acerca y trata de calmarla con caricias:

—Calma Gloria, calma ¿Qué sucede?

Un rugido lejano atrae la atención de los tres, los humanos se paralizan intentando saber que está sucediendo, Gloria se deja llevar por el instinto inicia otro aullido más lastimero que el anterior, y se mueve inquieta, Ricard que continúa en cuclillas acariciando al can, se pone en pie rápidamente y trata de mirar hacia donde cree que es el lugar en el que se origina el rugido, él sacerdote creyendo que sus rezos han sido escuchados se coloca a su lado, y confundido al ver que no se trata del fuego divino, dice casi en un susurro:

—¡Dios mío, el rio!

El sacerdote ve como una masa de agua marrón, se abalanza cabalgando sobre la capa estática en apariencia, que brillaba hace tan solo un momento reflejando el color azul del cielo, médico y sacerdote, ven como inexplicablemente con un cielo ausente de nubes que pueden haber descargado su contenido, el rio comienza a elevar su caudal. Se encuentran en un lugar privilegiado de la calle en la que se ubica el edificio rectoral, no hay casas que les impidan ver toda la extensión del paisaje, es verano, los campos de lavanda han creado una especie de piel de color que cubre todo el terreno, y el pequeño río serpentea entre ellas añadiendo una nota brillante al incidir los rayos de sol sobre la escasa superficie de agua, que fluye entre las piedras recluyendo a peces y cangrejos en los pozos que ha ido formando el agua en ese intento de buscar otro camino a través de la tierra, Ricard comienza a buscar la existencia de personas en la zona, a lo lejos ve unos tractores intentando atravesar el vado, el padre

Pascual a su lado siente temor ante lo que puede suponer las pérdidas.

Dicen los más viejos que en algún momento de riada, el cauce del río ha cedido abriendo simas capaces de tragarse a unas cuantas reses y hasta caballos y mulos que intentaban atravesar el vado, como tres tractores cargados de operarios que se dirigen a cosechar alguna finca de la margen izquierda del río, Ricard se pone las manos en la cabeza al ver los tractores que se adentran por la parte más ancha del vado, y sigue con la mirada la línea marcada por el río buscando la masa de agua y lodo que desciende con fuerza anunciándose con un rugido, como si se tratasen de los caballos del apocalipsis, con el pensamiento trata de ayudarles para que se apresuren a atravesar el río, y comprende que él no puede hacer nada, esta pobre gente se encuentra en manos del destino:

—¡Por Dios! —Dice el sacerdote.

—¡Van a morir!

Exclama el médico al ver como las grandes ruedas de los tractores, se hunden en el cauce pedregoso del río, como si una enorme boca las hubiera atrapado y tirase de ellas hacia las entrañas de la tierra, la primera tromba de agua llega en el momento en el que los ocupantes de los tractores intentan descender de ellos para alcanzar la orilla antes de que el agua los atrape, Ricard no espera a ver el desenlace, se dirige al padre Pascual que no puede moverse debido al impacto del suceso:

— Espéreme aquí un momento, voy a mi casa para recoger mi maletín, usted haga lo mismo con todo lo que necesite para impartir el consuelo espiritual, vendré a recogerlo.

El sacerdote no responde, un padre Pascual distinto aparece, sin despedirse del médico se remanga la sotana, y corre hacia la iglesia como alma perseguida por el diablo, el médico hace caso omiso a la nueva actitud del cura, piensa que habrá olvidado algo que necesita, no se detiene en deleitarse con la imagen del sacerdote que resultaría jocosa si no fuese por el momento dramático que están viviendo, las puertas de las viviendas se abren saliendo por ellas mujeres que comienzan a preguntarse unas a otras que es lo que ha producido ese sonido, miran al sacerdote correr y tras el ven al médico en la misma actitud y comienzan otras voces a gritar:

—¡Es el río!

—¡Se está desbordando el río!

Las calles hasta entonces vacías comienzan a llenarse, se forman corrillos intentando saber qué es lo que sucede, las campanas inician el repique tan temido de a rebato, las palomas salen de la torre de la iglesia asustadas, formando bandadas que se dirigen hacia el mismo lugar en el que las aguas han iniciado su destrozo. Por distintas partes del pueblo se oyen gritos para tratar de reunir con rapidez a cuantos sean necesarios para ayudar en aquello que todavía desconocen, el sonido del tubo de escape de un sidecar BMW abandonado por el ejército alemán hace su aparición por una de las calles que desemboca en la plaza, en la que se están reuniendo los vecinos que llegan corriendo desde distintas partes del pueblo. Todos ellos conocen el vehículo que utiliza Ricard—el médico— y esperan para rodearlo y bombardearlo con un sinfín de preguntas:

—¿Sabe que está sucediendo? —Pregunta la mayoría.

Es Marie quien grita más asomada a la ventana de su casa, haciendo que el médico le preste atención:

—Doctor, ¿es cierto que se ha desbordado el río?

—Es cierto Marie, y creo que ha habido un accidente.

La palabra «accidente» hace que Marie se derrumbe llore y comience a gritar el nombre de su esposo, haciendo que impacte como un mazo en el ánimo de Ricard, que trata de reponerse rogándoles a dos mujeres que se queden junto a Marie y cuiden de ella, por su estado, una mala noticia puede adelantar el parto, las campanas comienzan su tañido acelerado llenando de preocupación a los vecinos que acuden a la plaza abandonando las labores a las que estaban dedicados en ese momento, un momento más tarde contestan los tañidos de las campanas de los pueblos cercanos que al escuchar los toques de rebato de Montpubien, hacen lo mismo con sus respectivos vecinos para que acudan al lugar en el que está ocurriendo alguna desgracia, el sacerdote llega corriendo hasta donde se arremolina la gente —que espera la llegada del alcalde— y apremia a Ricard:

—Vayamos cuanto antes señor galeno, acudamos a fortalecer los cuerpos y las almas, de esos pobres desgraciados que han caído en el campo de batalla del maligno.

Todos los que rodean al médico miran al cura y se santiguan, como si pusieran un escudo entre ellos y el contenido de la mención del sacerdote, solamente Ricard lo toma a broma, y trata de quitar hierro, después de la espantada de la iglesia del día anterior, y la posterior salida del pueblo de todos los sacerdotes y religiosos, con muestras de enfado, no desea que se forme una nueva toma de la Bastilla, se dirige al sacerdote mientras pisa con fuerza el pedal de arranque del sidecar:

—Padre... dejemos al maligno en su reino y hagamos nuestro trabajo con quienes nos necesiten.

El tubo de escape del sidecar deja una estela de un gris azulado y al desaparecer por una de las calles en dirección al río, algunos de los asistentes giran su cabeza hacia el lado izquierdo escupiendo disimuladamente en el suelo, pisando la saliva seguidamente, formando la señal de una cruz con la suela del zapato, y sin decir nada se dirigen en grupos hacia el lugar en el que ha sucedido el accidente.

En el vado quedan algunos restos de los tractores, Ricard se preocupa al no ver a sus ocupantes, inicia una búsqueda desesperada hasta llegar a un pequeño estrechamiento en el que se ha formado una presa con troncos y otros restos, en el que las aguas se han arremansado, arrastrando hasta ese punto a los accidentados, que permanecen tendidos, diseminados por la tierra anegada, Ricard corre hacia los primeros para comprobar que todavía mantienen algún atisbo de vida, grita a los que le acompañan animándolos para que continúen la búsqueda y traten con cuidado a los heridos.

Nuevos grupos de los pueblos cercanos acuden en ayuda entre los que se encuentran dos médicos y junto a ellos una matrona que ha acudido por si entre los heridos puede encontrarse alguna de las embarazadas de las muchas que se encuentran en ese estado en Montpubien, aliviada al no encontrar a ninguna mujer en ese estado, comienza a practicar los primeros auxilios para reanimar a los que todavía puedan ser reanimados, el padre Pascual se mueve entre todos ellos con aparente nerviosismo, Ricard lo vigila y se asusta al verlo tocar los miembros que debido a los golpes recibidos se encuentran dislocados o fracturados, y después de esa primera observación comienza a gritar a dos de los hombres que continúan buscando supervivientes:

—Vosotros dos, venid inmediatamente, necesito ayuda.

Una nueva persona acude al oír los gritos del sacerdote se le acerca, y adelantándose a los dos hombres que acuden a la llamada, que al verla la saludan respetuosamente:

—Tenga cuidado señora condesa, no sabemos si habrá una nueva riada.

Al oír que nombran a la condesa, el sacerdote se vuelve como si lo hubiera picado una serpiente, y le dice abruptamente:

—Este no es lugar para usted, no somos la liga para recaudar dinero para los niños huérfanos, tenga en cuenta que aquí hay heridos y puede ser que hasta muertos— se muerde los labios antes de apostillar—Dios no lo quiera.

Rose no se molesta ante las palabras un tanto desabridas del padre Pascual, cree que no es momento para guerras inútiles, y le responde con amabilidad:

—Estas personas necesitan ayuda inmediata haya sangre o no. No se preocupe padre, estoy acostumbrada.

Sin prestar atención al gesto de mal humor del sacerdote, se acerca al primer herido y después de asegurarse de que puede hablar, le coloca un trozo de rama en la boca y manipula en el brazo dislocado bajo la atenta mirada del cura, hasta que se oye un crack, indicando que la articulación se ha asentado en su lugar, el padre Pascual asombrado se acerca al lesionado y toca su brazo para cerciorarse que ha sido colocado correctamente, y un tanto confundido se limita a comentar:

—Ayudarle a retirarse hasta esa explanada, para que lo atiendan los médicos.

—Un momento padre Pascual, creo que tiene una herida que deberíamos vendar antes. —Dice Rose.

La intervención de Ricard llega en el momento que el padre Pascual se dispone a disentir del diagnóstico de la condesa, no puede cambiar lo que hasta ahora ha creído de ella:

—Padre creo que lo necesitan, los familiares quieren llegar hasta los heridos y nos impiden trabajar, usted es la persona adecuada para tranquilizarlos.

—Sabes cómo mantener la atención en distintos frentes. —
Dice Rose con una sonrisa no exenta de cansancio.

—No han sido las locuras del padre Pascual las que me han
hecho venir. —Dice Ricard— He observado que tu cuerpo ha
cambiado y necesito hacerte una pregunta.

La sonrisa de Rose se hace más amplia, y aun así son sus
ojos los que hablan de preocupación, y sus labios se mueven con
timidez para hablar lentamente:

—Fuiste amigo de Armand, aunque no hace mucho tiempo
que nos conocemos, te considero mi amigo, puedes preguntar.

Las palabras salen a borbotones por la boca del médico, sus
mejillas se cubren de un sonrosado que se intensifica haciendo
juego con los campos cercanos, carraspea y suelta de golpe su
duda:

—¿Estás embarazada?

La pregunta deja perpleja a Rose que trata de recordar cada
vez que ha sentido un mareo, inconscientemente lleva la mano
al vientre y trata de calcular el día que debería tener el periodo,
al comprobar que todavía quedan unos días se desatan un sinfín
de emociones, que le bloquean la garganta y tiene que reponerse
con rapidez para evitar que Ricard llegue a darse cuenta de la
preocupación que comienza a sentir ante la duda de que el
embarazo deje de ser posibilidad para transformarse en realidad,
trata de evitar que se asiente en su mente lo sucedido durante
el fallecimiento de Armand, siente presión en la cabeza debido a
las dudas, no puede saber quién sería el padre de la criatura, de
nuevo resuena la carcajada de Armand rota con un estertor, no
desea que Ricard sospeche y trata de reponerse antes de
responder:

—No sería imposible, pero todavía no podría confirmarlo, no ha transcurrido un mes desde el fallecimiento de Armand, no dudes que te lo diré si llega ese momento.

—Te recomiendo que lo confirmes cuanto antes, así evitarás los chismorreos. —Hace un pequeño alto, y continúa— Ahora cuídate, porque lo demás terminará saliendo a la luz.

Un gesto de asentimiento con la cabeza y una sonrisa son la única respuesta de Rose que se dirige hacia el más cercano de los heridos y después de dirigirle unas palabras de aliento, ordena a los hombres más cercanos que lo lleven con cuidado al remolque preparado para su traslado al almacén, una mujer que porta un maletín sanitario se le acerca y dejando el maletín en el suelo le comenta:

—Te he visto manipular el brazo de este hombre. ¿Me ayudas con la herida?

—Estudié enfermería en Paris.

—Me lo ha dicho Ricard.

El tiempo apremia, y un nuevo rugido les hace apresurarse en hacer la primera cura, Rose se limpia el sudor y mira hacia la finca en la que se encuentra León con sus hombres, después mira a su nueva compañera, señalándole el último remolque ya cargado de heridos y ambas corren hacia él.

AL CESAR LO QUE ES DEL CESAR

Un continuo ir y venir de ambulancias y el ulular de las sirenas, hace que los vecinos de Montpubien se arremolinen ante las puertas del almacén al que han ido trasladando a los heridos desde el lugar del accidente. Después de realizar las primeras curas, los médicos seleccionan a los más graves para que sean las ambulancias llegadas desde Marsella las que los trasladen al hospital más cercano. Uno a uno va haciéndose huecos entre los jergones dispuestos por Jean Baptista, para llevar a cabo una primera hospitalización de emergencia. Rose se mueve entre los jergones interesándose por el estado de cada uno, y sale a la calle para tranquilizar a los familiares, la sigue Rebeca, — la matrona— que la ha visto colocar sus manos en la zona lumbar para estirar los músculos, debido al cansancio por el incesante trabajo para el que debe utilizar posiciones incómodas, y dándole unos golpecitos en el hombro le pregunta:

—¿Te encuentras cansada?

Es la enésima vez que Rebeca le pregunta lo mismo, Rose hace memoria tratando de saber si se trata de una casualidad, o si por el contrario existe una intención velada, piensa que ha sido Ricard el que le dicho que la vigile, se dispone a responderle, y les interrumpe una voz chillona que provoca un gesto de hastío en la condesa al reconocer la voz del párroco:

—Señora condesa me gustaría hablar con usted.

Rose gira para ver al padre Pascual con la sotana sucia de sangre y la cara demacrada, se preocupa al verlo en este estado y sin tener en cuenta sus desavenencias le pregunta:

—¿Le sucede algo padre?

El sacerdote mueve la cabeza negativamente, y frotándose las manos responde tratando de controlar su nerviosismo:

—Lo ocurrido hoy me ha hecho recordar otros momentos de mi vida, fue algo que ocurrió en las trincheras de Alsacia, cerca de la frontera de Bélgica.

Rebeca trata de comprender que es lo que trata de decir el sacerdote, por las noticias que le han llegado por Ricard, no es amigo de Rose, no conoce la historia en profundidad, algo le han dicho sobre el intento de la Iglesia de hacerse con la herencia del joven conde, el deseo de hablar del sacerdote aviva su curiosidad y piensa que la historia parece interesante. Su curiosidad se ve frustrada, al escuchar a Rose que comienza a hablar:

—Perdone padre, creo que será mejor que hablemos con más tranquilidad cuando toda esta locura acabe, hoy enviaremos a sus casas a los menos graves, ahora tengo que acompañar a la nueva matrona, para que se aloje y pueda visitar a nuestras vecinas embarazadas, creo que Marie no se encontrará bien.

—Como usted quiera señora condesa, estoy a su disposición, ya sabe dónde encontrarme.

Las dos mujeres se miran sin comprender el cambio que se ha efectuado en el sacerdote, Rose siente que algo extraño le está sucediendo, al ver a este hombre tan apagado, siente ternura por él, tal vez hubiera preferido ver al sacerdote imbuido del ímpetu de sus creencias, y no a este otro hombre apagado, que parece haber empequeñecido unos cuantos centímetros, lo ven dirigirse hacia Martín, que debido a su condición de contratador no ha querido ser atendido hasta que no lo fueran el resto de heridos, al parecer sus dolencias no revisten gravedad, aunque si necesitará una temporada de reposo. Ven al sacerdote agacharse para colocarse al mismo nivel del herido, con el que pasa un rato hablando, Rose se dirige a su acompañante y dice:

—Es cierto que me encuentro cansada y hasta ahora lo he achacado a todo lo que ha sucedido en estos últimos días, pero después de la pregunta de Ricard...

—¿Sobre un posible embarazo? —Dice Rebeca.

—Si. Veo que Ricard no ha podido esperar a confirmarlo. —Mira a su alrededor, suspira y continúa con preocupación—No es solamente el cansancio, he tenido que salir unas cuantas veces para aliviar mi vejiga entre los matorrales, y estos últimos días he notado los pechos algo más tersos. Es posible que necesite tus servicios.

La matrona se mantiene en silencio, trata de buscar las palabras necesarias para ayudar a Rose, no puede adelantarse a los acontecimientos y tiene dudas si deberá decírselo a Ricard, inconscientemente se encoge de hombros, para autoconvencerse de que ella es tan solo una profesional sanitaria, hará lo que desee su paciente, que la mira en espera de un comentario, y es así como lo manifiesta:

—Lo que acabas de contarme, lo dejaremos así hasta que podamos confirmarlo, si quieres decírselo a alguien, eres tú la indicada. Tu esposo falleció hace casi un mes, mi consejo es que lo hagas público en el momento en el que estés segura. La gente habla demasiado.

Dan por finalizada la conversación, y se dirigen hacia el centro del pueblo para atender a Marie y buscar una casa en la que Rebeca pueda abrir un dispensario donde poder atender a todas las embarazadas del pueblo, han sido dos días de trabajo intenso, en los que ninguna de las dos mujeres ha tenido mucho tiempo para dedicarlo al descanso, Rose ya no recuerda cuándo vio a Jean Baptista, —es posible que lo haya podido ver de lejos mientras les ha llevado comida y ropa, y los medicamentos necesarios, como si se tratase de recuerdos lejanos, cree recordar que alguien le dijo que Jean Baptista se dedica a continuar de sol a sol con la cosecha de la lavanda, y que han llegado a verlo mirando en la puerta del pabellón convertido en hospital, su mente comienza a creer que nada es real, cree ver la figura de Giselle acercarse, siente un ruido y dolor, lo siguiente son unas palmadas en las mejillas y la voz de Rebeca:

—Suelte los botones, lleva un vestido demasiado ajustado, yo levantaré un poco las piernas.

Una voz distinta que cree reconocer, y no entiende el motivo por el que desee llamar a Jean Baptista, comienza a despertar mientras balbucea:

—No... no digas nada a Jean Baptista.

De nuevo la voz que ha creído reconocer habla a su lado, se siente como cuando era una niña, su cabeza descansa sobre el pecho de una mujer, le llega olor a hierbas aromáticas que la devuelven a la realidad, es Giselle quien le hace una pregunta:

—¿Qué es lo que no hay que decir a Jean Baptista?

—¡Abuela Giselle!

La anciana, aprieta contra su pecho el rostro de Rose, para disimular sus sentimientos ante una extraña, procura no mirar a Rebeca, y sonriendo hace un comentario para que la matrona no sospeche de la relación que mantienen Rose y su nieto:

—Señora condesa, me está adoptando como abuela, esto sí que no lo esperaba, se lo contaré a Jean Baptista, y lo siento, pero tendrá que aguantar sus bromas.

Giselle ya más tranquila al ver que Rose se ha repuesto del mareo, cree que es posible que se trate de cansancio, pero ha visto cómo le oprime el vestido que no hace tanto tiempo le sentaba como un guante, y comienza a hacer cálculos, debe acompañarla hasta la casa y hablar con ella antes de que llegue Jean Baptista, ve que el color vuelve a las mejillas de Rose y toma la iniciativa:

—Veo que está mejor, trate de ponerse de pie y las acompañaré por si me necesitan.

—Sería mejor que llevásemos a Rose a su casa, y si le parece, podría acompañarme usted a casa de Marie, tengo que ver cómo se encuentra, y después tendré que llegarme al dispensario, porque al parecer será mi domicilio durante una temporada.

—Nos toca de paso, y Celine se encuentra con Marie, ella le ayudará a poner el dispensario listo para ser utilizado, la planta superior es también su alojamiento.

Rose escucha en silencio, pero su atención continúa en el momento en el que ha llamado abuela a Giselle, y en lo que cree que esta supone. El embarazo martillea en su mente, necesita que el miedo no la anule, se centra en la conversación de las dos mujeres y se apresura a decirles:

—Ahora diremos a Celine que te lleve alguno de mis vestidos y ropa interior para que puedas quitarte el que llevas, y tomar un baño. Cuando hayas descansado me gustaría hablar contigo.

De nuevo el cansancio hace mella en Rose que tiene que apoyarse en el brazo de Giselle, para mantenerse erguida, llegan a la plaza y puede parecer que nadie las ve, pero ella sabe que a través de las ventanas hay muchos pares de ojos vigilando cada uno de los movimientos que se producen en una plaza vacía, por la que inician su recorrido, —a pesar del vestido arrugado y algo sucio por la sangre de los heridos, y de que en vez de los zapatos de tacón de lapicero, calza unas zapatillas con suela de esparto que ata a sus bien torneadas piernas con cintas de trencilla de color malva, — se adentra en la plaza con paso firme, como si fuese la actriz principal de una obra de teatro haciendo su entrada triunfal en el escenario. Rebeca se sorprende al ver a esta otra mujer, no parece la misma que hace tan solo un momento ha caído al suelo vencida por el cansancio, ya no necesita apoyarse en el brazo de Giselle, que la mira con el orgullo que una abuela miraría a su nieta, que no puede dejar de exclamar en voz muy baja:

—¡Si te viese ahora Jean Baptista…!

No acaba la frase cuando comienza a oírse el ruido de puertas que se abren, primero es una la persona que sale a la calle, y seguidamente comienzan a salir de las casas otros más, confirmando lo que Rose había imaginado, se van acercando a ella en silencio aunque sus ojos dicen lo que sus labios se niegan, hasta que Marie se acerca desde el fondo de la plaza, con los movimientos propios de su estado ya muy avanzado, seguida de Celine que intenta que modere el paso, al llegar junto a Rose lo hace llorando y entre hipos lo dice:

—Muchas gracias señora condesa.

Rose no la deja continuar, se acerca a ella, y en un aparente abrazo, acerca los labios al oído de su vecina para decirle algo que hace que durante un momento sorprende a Marie, que se separa de la condesa para hacer unos cuantos aspavientos mientras deja escapar una carcajada estentórea, el resto de vecinos comienzan a acercarse a las dos mujeres sorprendidos y comienzan a hacer preguntas intentando conocer el motivo de la hilaridad, Rose sonríe al ver el alboroto que acaba de formarse a su alrededor, y mira a Giselle y a Rebeca que se muestran sorprendidas por lo que está sucediendo, las dos se miran entre sí y encogen los hombros mostrando su extrañeza, pero es Marie la que se encarga de desentrañar el enigma, y lo hace a gritos sujetando la barriga como si temiera que el esfuerzo le haga dar a luz en medio de la plaza:

—Menuda faena me ha hecho señora condesa, ya no podré mantener el secreto, —y dirigiéndose hacia los que tanto le preguntan, dice a gritos—¡ella también está embarazada!

Un silencio sepulcral sigue a los gritos de Marie, todos necesitan digerir la noticia que por primera vez no ha salido de los corrillos, todos la han conocido indirectamente por boca de la interesada, y aunque haya sido Marie la portavoz, la condesa no lo ha desmentido, algunas mujeres se acercan a dar la enhorabuena a Rose y seguidamente tratan de escabullirse, Rebeca ríe divertida por el espectáculo que se ha formado y se dirige a atender a Marie, y Giselle mira con rostro severo a Rose y llama a Celine que se ha abrazado a la condesa para darle una orden:

—Busca inmediatamente a Jean Baptista, y acompáñalo a la casa, procura que no se detenga a hablar con nadie, no sé cómo va a reaccionar cuando se entere.

—Abuela, es una buena noticia. Pero… ¿Quién es el padre?

—¡Niña! deja los chismorreos y haz lo que te he dicho.

Al ver a Celine dirigirse corriendo hacia el almacén en el que van depositando las cosechas, busca a Rose que se encuentra junto a Marie que trata de agradecerle todo lo que ha hecho por Martín y el resto de los accidentados, se acerca a ellas, rodea con su brazo la cintura de Rose, que le sonríe desarmando el gesto serio de la anciana, al intuir que existe un motivo por el que la condesa haya decidido anunciar de esta manera su embarazo:

—Será mejor que vayamos a casa, tienes que descansar.

El tratamiento tan familiar utilizado por Giselle, sorprende a Rebeca, que comienza a rebobinar lo que ha sucedido en los últimos momentos, hasta hacer un clic en el momento en que Rose le dice abuela a esta amable anciana, su primera idea es hablar con Ricard, y la rechaza inmediatamente al darse cuenta de que el médico era amigo íntimo del esposo de Rose, su mente se mueve a marchas forzadas, recuerda que la chica que acompañaba a Marie, —Celine, cree que es ese su nombre— ha tenido que salir corriendo, en busca de Jean Baptista, o eso es lo que cree, sonríe al ver a Marie que habla con un grupo de mujeres, se acerca a ellas y al escuchar los cotilleos piensa; «de momento escucharé todo lo que cuenten las embarazadas. Un consultorio puede ser tan propicio para contar lo que sucede en el pueblo, como puede ser un confesionario, y hasta es posible que contrate a Celine, es una chica bastante inocente». Ve alejarse a Rose en compañía de Giselle, y se dirige a Marie:

—Deberíamos ir a casa, están a punto de traer a Martin.

***

Hace dos horas que Rose permanece en la cama, y no ha podido dormir un solo momento, la preocupación por haber hecho público un embarazo, del que todavía no se encuentra segura, hace que durante algunos momentos se introduzca en una especie de duermevela, de la que despierta inmediatamente debido a que aparece el rostro de Armand, con los ojos cerrados, y luciendo su sonrisa burlona, igual a como lo recuerda en el ataúd, trata de encontrar una posición cómoda en el lecho, su cabeza comienza a sentir que la almohada se hunde, y el sonido de la puerta hace que se sobresalté y se incorpore en el lecho, la penumbra impide distinguir quién es la persona que acaba de entrar, pero el suave sonido de sus pies hace que reconozca a la veterana sirvienta:

—¿Sucede algo Marlene?

—Acaba de llegar el padre Pascual, dice que necesita hablar con usted de algo importante.

Ya ha olvidado que tiene una conversación pendiente con el padre Pascual, y aunque cree que sería mejor en otra ocasión, la imagen del sacerdote abatido, le hace decir a la sirvienta:

—Dile que enseguida estaré con él, mientras tanto sírvele un refresco.

Madeleine, se dispone a cumplir la orden de la condesa, y antes de llegar a la puerta, se detiene para decir:

—Giselle también necesita halar con usted, —mientras se dirige a la puerta comenta— hoy es día de audiencias.

El comentario jocoso hace reír a Rose que se apresura para no hacer esperar al sacerdote, en cuanto a Giselle, no está segura de que pueda responder a las preguntas de la abuela de Jean Baptista. El sonido de los tacones descendiendo por la escalera es el causante de que Giselle se apresure para esperarla en el zaguán, con una sonrisa y necesidad de hacer una pregunta:

—¿Cómo te encuentras?

Rose le devuelve la sonrisa y cogiendo una mano de la anciana responde:

De salud estoy bien, me encuentro confusa, todo lo que he hecho ha sido para proteger a Jean Baptista, aunque creo estar embarazada no estoy segura todavía, y no sé quién es el padre.

Las explicaciones de Rose se adelantan a las preguntas que desea formular Giselle, que comprende los motivos, y espera una conversación en profundidad cuando llegue Jean Baptista, no lo conoce suficientemente para saber cómo será su reacción al enterarse de que Rose está embarazada, y se limita a decir:

—Te espera el cura, debes tener cuidado con él, ya sabes que no nuestro amigo.

—No se preocupe, este hombre me intriga creo que le sucede algo, y necesita hablar conmigo.

Giselle la mira dubitativa, no se fía de que él sacerdote pueda cambiar sus sentimientos de toda una vida en un solo día, por lo que ella sabe no se ha caído de un caballo como le sucedió a Saulo, y no cree que el cura tenga madera de santo, mira hacia el jardín que hay en la parte trasera de la casa, y ve como Rose saluda al sacerdote, siente lástima por ella y comienza a acercar una silla para sentarse en un lugar desde donde pueda encontrarse cerca en caso de que tenga que acudir en ayuda de su nieta, porque aunque no lo sea de sangre, está convencida de que esta historia terminará en matrimonio.

—Buenas tardes padre, parece ser que se trata de algo importante lo que sea que tiene que decirme. —se mantiene firme y continúa—No deseo enfrentamientos, pero sé defender a mi familia.

El sacerdote acusa el golpe, hace un gesto con las manos para indicar que mantenga la calma, y comienza su explicación:

—En primer lugar, deseo darle la enhorabuena porque ha llegado hasta mi la buena nueva de que se encuentra embarazada. —Vuelve a hacer el mismo gesto con las manos y continúa—No hace falta que me lo agradezca, comenzaré mi historia en el punto que la he dejado esta mañana.

El sacerdote toma un pequeño sorbo de limonada, y da la sensación de que le cuesta iniciar el relato, en el interior de la casa Giselle se remueve en la silla debido a la impaciencia por saber qué es lo que va a decir el sacerdote, pero es Rose la que se inicia la conversación:

—Usted ha dicho algo relacionado con algún momento de su vida durante la guerra en Alsacia, y es curioso que lo nombre porque se da la casualidad de que mi abuelo también estuvo en esa región.

—Conocí a un Delacroix en aquel tiempo, y ese es el motivo por el que me he decidido a hablar con usted, es decir ese y algo más que ha llegado a mi conocimiento en estas últimas horas, que me ha hecho cambiar el concepto que tenía de usted.

Rose mira a su interlocutor en silencio, no se atreve a interrumpirle, necesita saber todo este embrollo del que no entiende nada, no sabe que es lo que tiene que ver ella, o su abuelo—si es que en realidad se trata de su abuelo—, la guerra en Alsacia, y este sacerdote, necesita que este sacerdote ponga en orden sus ideas, mira de reojo hacia el interior de la vivienda, y ve a Giselle impaciente. Necesita hacer algo para evitar que la anciana intervenga, piensa que no necesita que se enzarce en una discusión con el párroco, se acerca a Giselle para pedir una limonada fresca, al regresar le dice al sacerdote:

—Perdone la interrupción padre, creo que puede iniciar si relato desde donde crea que puedo comprender lo que trata de decirme.

—El caso es que hace unos días le oí decirle al padre superior del seminario en el que ha estado internado Jean Baptista, su nombre completo, me sorprendió saber que es una de la Croix, eso me llevó a recordar una época triste para mí, en la que fui capellán castrense, y me tocó participar en muchos más desastres de los que cualquier persona de este pueblo puede pensar, ejercí como capellán pero también tuve que hacer de sanitario, creí que era más útil atendiendo cuerpos que atendiendo almas. En aquel tiempo conocí a un oficial joven, que cayó herido y hecho prisionero en el último ataque del ejército alemán.

El relato del padre Pascual hace que Rose trate de recordar las historias que escuchó de niña, y sin poder contenerse le pregunta:

—¿Se trata de Jean de la Croix?

—Si, así es, y al parecer estaba acertado, se trata de alguien de su familia.

—Es mi tío, el hermano pequeño de mi madre. Se negó a alistarse en el ejército alemán con los malgré-nous, y lo pagó mi padre, fue detenido y lo condenaron a muerte, si mi tío no les entregaba todos sus bienes.

Giselle acude con una jarra de limonada fría, y al escuchar la historia que relata Rose, sirve la bebida y se mantiene de pie como si se tratase de una estatua, esperando a que el sacerdote continúe la historia, este la mira y abre los labios para pronunciar un tímido gracias, retira su mirada de la de la anciana y no se hace esperar, después de dar un pequeño sorbo continúa el relato:

—Esa parte es la que hicieron creer, estos días he podido tener información de lo que sucedió realmente, y les ruego que no me pregunten cómo la he conseguido, no podría decírselo. — Después de un silencio durante el cual Rose tiene unas cuantas conjeturas, continúa—Pues bien, los alemanes pidieron todas las posesiones de los de la Croix, pero el destinatario era una persona muy cercana al gobierno de Vichy. Esta es una prueba

La declaración del padre Pascual hace que las dos mujeres lo miren sorprendidas, sienten que están escuchando uno de los seriales que emiten cada día en la radio, Giselle aprieta con fuerza el respaldo de la silla de Rose, y esta alarga el cuello con la intención de escuchar mejor, pero el sacerdote se encuentra abatido, da la sensación de que le cuesta continuar con la historia, un nuevo sorbo de limonada y Giselle aprovecha para romper el hielo:

—Señor cura, no nos tenga en ascuas, lo veo a usted menos parlanchín que cuando sube a su púlpito.

Estas palabras acompañadas por una sonrisa bonachona de la anciana le dan el ánimo necesario al padre Pascual para que continúe con su relato:

—Tengan en cuenta que no me resulta fácil revelarles todo lo que conozco y que de alguna manera mis creencias me obligan a callar, y al mismo tiempo necesito decírselo para estar en paz conmigo. —Hace un pequeño silencio y continua—¡Que Dios me perdone! Durante la guerra, un miembro de la Iglesia retiró una gran cantidad de dinero de las cuentas de la diócesis de la que era administrador, lo hizo utilizando la firma del obispo, para que nadie se enterase intentó chantajear a Simón de la Croix, con la vida de su hijo que estaba en las dependencias de la Gestapo.

De nuevo hace una pausa al ver el rostro demudado de Rose, que al escuchar el nombre de su abuelo y lo sucedido a su tío y a su padre, debido a un miserable complot, se encuentra a punto de levantarse de su silla y obligar al sacerdote a que diga en nombre del autor de esa fechoría, Giselle le coloca las manos en los hombros para evitar que pueda desmayarse debido al shock que las devuelve a un pasado doloroso, recoge el vaso de limonada que le ofrece Giselle, y después de beber, puede pronunciar unas pocas palabras, con un hilillo de voz:

—Por favor padre, continúe su historia, lo que acaba de decir le está dando un nuevo giro a lo que mi familia creía saber.

Giselle saca un saquito de hierbas del bolsillo de su vestido para dárselo a oler a Rose, que se lo agradece con una mirada con la que también le habla del cariño que ha comenzado a tenerle, mientras tanto el padre Pascual comienza a hablar:

—Esa persona era un sacerdote, que no dudó en culpar a su superior ante la Santa Sede, esto le costó un juicio secreto después de una investigación en el que fueron definitivas las pruebas del sello episcopal y la firma del obispo. Se cree que hubo irregularidades en esa investigación, también se cree que se necesitaba un chivo expiatorio y con ese fin utilizaron al obispo que se había convertido en una molestia para algún miembro de la dirección del Banco Ambrosiano. —Los nervios hacen que la garganta se seque, necesita mojar sus labios en la limonada, y después continúa frotándose las manos y lanzando miradas a su alrededor, tratando de descubrir si hay algún espía debido al temor por lo que va a revelar— El sacerdote que ejercía de administrador era el actual obispo.

Como si se hubiera descargado de un peso, el padre Pascual, resopla, golpea sus rodillas con las palmas de sus manos en las rodillas y después carraspear hace una petición:

—Creo que necesito algo más fuerte que esta limonada.

Rose se incorpora con rapidez, deslizando la silla en la que se encontraba sentada, con fuerza siendo sujetada por Giselle para evitar que caiga al suelo, se dirige al despacho para ofrecerle al sacerdote una copa del coñac añejo preferido por Armad.

¿QUIÉN ES EL PADRE?

Comienza a anochecer, hace ya un rato que el padre Pascual se ha marchado, en la casa de los Condes de la Roche, todos sus habitantes se mantienen en silencio tratando de digerir cada uno de los datos aportados por el sacerdote. Madeleine no sale de la cocina preparando una cena sin atreverse a preguntar a Rose que es lo que desea que cocine, como fiel sirvienta sabe escuchar sin que nadie sepa que lo está haciendo, a lo largo de su vida ha sabido guardar todos los secretos de la familia, solamente el antiguo conde, —el padre de Armand— solía preguntarle, claro que eso sucedió hace ya muchos años, cuando ella era una jovencita y el señor conde era ya un maduro y atractivo viudo.

Mientras trata de hacer una sopa bullabesa como debe de hacerse, es decir, como Dios manda, sonríe después de pensar en esta expresión y mientras frota el ajo recuerda de nuevo al señor conde, mira a su espalda sintiendo que ha regresado del otro mundo atraído por el olor de la sopa de pescados y al ajo, un escalofrío de placer le recorre el cuerpo al recordar las manos de su amante secreto recorriendo ciertas partes de su cuerpo, y como si sucediese en ese mismo momento, habla en voz baja envolviendo las palabras con un suspiro:

—Señor conde, aun estando en la tumba me hace temblar.

Comprende a Rose, la joven condesa, con la que a pesar de la distancia social que existe entre ellas, ambas han vivido situaciones similares, ella pudo haber sido la madrastra de Armand, una lágrima pugna por salir de sus ojos, ella también atuvo embarazada, y para evitar las habladurías de la gente, tuvo que marchar del pueblo durante todo un año. El señor conde creyó que el viaje a Marsella se debía a tener que atender a una tía enferma, su viaje no fue a Marsella sino al domicilio de una familia de Aviñón, tuvo un hijo y regresó de nuevo pero ya no fue igual su relación, se alejó de él debido a que la pérdida de su hijo la convirtió en una mujer triste y sin muchas ganas de continuar viva, a la muerte del conde nadie notó su tristeza por el fallecimiento, lo achacaron a el cambio de humor sufrido anteriormente.

Desde la cocina escucha el ruido de la puerta y la voz de Jean Baptista que atraído por el aroma de la bullabesa se acerca zalamero:

—Déjame probar esa sopa y te daré un beso.

Madeleine, ríe satisfecha al ver a su niño irrumpir en la cocina como cuando era niño, pagaba con besos sus travesuras tratando de evitar el castigo, en esta ocasión no consigue probar la comida, Madeleine se escurre de entre los brazos del joven y le dice:

—Te pareces a tu abuelo, pero esta cena podrás probarla más tarde si eres bueno, ahora te están esperando en el despacho.

Desconoce el motivo por el que alguien lo espera en el despacho, busca a Rose con la vista, al no verla se preocupa creyendo que le ha sucedido algo, la última vez que la ha visto atendiendo a los heridos, Madeleine lo ve atravesar el zaguán para dirigirse a paso rápido hacia el despacho, conoce el contenido de lo que se ca a tratar, y dice para sí:

—Espero que sepas comportarte, para que no te arrepientas.

Jean Baptista hace su entrada en el despacho buscando con la mirada a Rose, Giselle se encuentra sentada en el sillón central y a su lado Celine que se encuentra de espaldas, parece decirle algo a su abuela, continúa buscando a Rose y al no verla comienza a culparse por no haberle extrañado que Celine hubiera ido en su busca, mira a su prima enfadado y le dice:

—¿Por qué no me has dicho que Rose no se encuentra bien? Hubiera venido inmediatamente. —Mira a su abuela preocupado y le pregunta— ¿Has llamado al médico?

La anciana lo mira sorprendida, Celine ha dicho que Jean Baptista no sabe nada del embarazo, y alguien le ha debido informar del desmayo de la mañana, se dispone a responder y es la misma Rose la que habla desde la puerta:

—Estoy bien, solamente he ido a descansar un poco, — y seguidamente dice— abriré la ventana, me molesta el olor tan intenso del tabaco.

Mientras abre la ventana, Jean Baptista, la coge por la cintura y la hace girar para besarla, sin preocuparse de que no se encuentran solos, mientras le dice:

—Al no verte aquí me he preocupado, he llegado a creer que no te encontrabas bien.

—Ya has visto que estoy bien pero ahora tenemos que hablar, siéntate y permítenos que te cuente lo que sucede. Debo decirte que se trata de una noticia que está ya en boca de todo el pueblo. Estoy embarazada.

La noticia lo golpea más fuerte que si le hubiesen dado con un mazo en la cabeza, de pronto se ha quedado sin nada que decir, las tres mujeres esperan la reacción de Jean Baptista, que continúa aturdido. Rose es la que espera una respuesta con más fuerza, aunque durante un momento siente ganas de que Jean

Baptista, se levante de la silla y continúe sin hacer preguntas, como si no hubiera oído su rotundo «estoy embarazada», es la primera vez que lo afirma y decide ser ella la que diga lo que piensa, y aunque le duela ha tomado la decisión desde el mismo momento en el que ha asumido el embarazo. Todas las posibilidades pasan por su mente y entre ellas no tiene cabida la de no tener ese hijo, aunque eso le cueste no tener al hombre que ama, y sin querer pensar más decide que ya ha durado demasiado el silencio:

—¿Quién es el padre?

La pregunta de Jean Baptista detiene a Rose, siente ganas de llorar, hubiera deseado que la rodease con sus brazos y la hubiera cubierto a besos, en vez de esa pregunta que acaba de sonar como una bofetada, no tiene ganas de hablar, tan solo necesita correr, meterse en un agujero y llorar hasta que sus ojos se nieguen a permitir que salgan más lágrimas, y tan solo puede decir con voz entrecortada:

—No lo sé.

—Ella no lo sabrá, pero voy a decirte quien es su padre, no me importa quién lo ha engendrado, pero su único padre posible es Armand, y así deberá de ser, lo quieras tú o no. Según los deseos de tu padre, soy tu tutora y no deseo ver a la señora condesa ante el juez por abusar de un menor.—Dice Giselle

El joven permanece sentado al lado de Giselle, continúa en la cabeza agachada y las manos en las rodillas indican que se encuentra bajo el efecto de la noticia, sus labios comienzan a balbucear unas palabras ininteligibles, hasta que a fuerza de repetirlas se vuelven audibles para las tres mujeres:

—Seré padre, no me importa si es de Armand o es mío, seré padre, —después pregunta a Rose— ¿Qué haremos ahora?

Después de hacer esta pregunta, se levanta y se dirige hacia Rose para abrazarla para iniciar un vals con un ritmo alocado, hasta que es detenido por Giselle tratando de que entre en razón le habla como lo hubiera hecho con un niño que no obedece:

—Creo que no has llegado a comprender lo que te he dicho anteriormente, aunque puede ser que no me hayas oído, voy a repetirlo y no quiero tener que hacerlo más veces. Este niño o niña, será de Armand, aunque haya fallecido es el padre legítimo de esa criatura.

Es lo mismo que Giselle hable o calle, Jean Baptista parece un niño al que le han hecho un regalo, mira a Rose, y antes de que le interrumpan, expone su idea:

—Podríamos casarnos inmediatamente.

La sonrisa de Rose y sus brazos abiertos le invitan al joven a que se refugie en ellos y hundiendo la cabeza en el hueco del cuello de la mujer, le dice:

—Seré un buen padre.

—Lo sé, y si no lo eres sabré como castigarte.

Una carcajada general es la encargada de disipar el estado de nervios por una jornada que se auguraba de color negro, y ha acabado en un rosa intenso, aunque si le preguntan a Rose, les dirá que es un día impregnado de lavanda, Madeleine rompe la magia de ese momento con algo mucho más prosaico:

—La mesa está preparada, hoy tenemos bullabesa.

En un momento Jean Baptista olvida la noticia de la paternidad, besa a Rose en los labios y se dirige al comedor para poder llegar el primero a la mesa, Madeleine mueve la cabeza hacia ambos lados para indicar que se trata de un caso imposible de corregir, y piensa; «como he dicho antes, se parece a su abuelo», sonríe y espera a que Rose quede la última en la sala, para decirle:

—Si piensa trasladarse a su antiguo dormitorio, deberemos hacer unos arreglos antes.

—¿Qué tipo de arreglos? —Pregunta Rose.

—Se trata de algo sencillo, pero el albañil tardará unos días en hacer el arreglo, el mampostero que hay en la pared oculta un pasaje que finaliza en la salida de aireación de la «casa de la reina mora»— sonríe con picardía y continúa — señora condesa, usted en alguna ocasión es un poco ruidosa.

La sonrisa de la veterana sirvienta hace que el rubor ponga en los pómulos de Rose una nota de color suprimiendo la palidez que ha mantenido durante todo el día. Siente vergüenza al pensar que Marie y Martín han estuchado sus gritos de placer y sus ayes, se lleva las manos a la cabeza pensando que, en las acusaciones de ser culpable de los embarazos, puede que haber algo de verdad. Comienza a dar vueltas por el despacho, colocando las sillas en un orden establecido por la vergüenza de conocer que sin saberlo había retransmitido el sonido de sus encuentros íntimos con su esposo, algo similar a haberlo hecho por la radio, después de unas vueltas, se detiene y pregunta:

—¿Sabía Armand la existencia de ese pasaje?

—Siempre hemos sabido de la existencia del pasaje de los suspiros, así lo llamaron los antepasados del conde. Le comenté a Armand lo que sucedía y me dijo que no le dijese nada. Ya sabe cómo era, le excitaba pensar que otras personas podían excitarse al escuchar como él decía; «sus momentos de gloria»

—Creo que esta casa se encuentra llena de locos. Creí que se debía a la juventud de Jean Baptista, ¡esto es de familia! Tendré que tener cuidado con mi hijo.

La charla con Madeleine le hace recordar el tiempo que ha vivido con Armand, sonríe mientras recuerda la vergüenza que ha sentido hace tan solo un momento, y se muestra contenta por la reacción de Jean Baptista, y murmura sin preocuparse por la presencia de Madeleine:

—Disfrutemos hoy, y veremos que nos depara el futuro.

***

El almacén que ha hecho las veces de hospital de campaña ha retomado la actividad para la que fue construido, las mujeres han vuelto a reunirse, retoman sus labores y los chismorreos, que se les han acumulado mientras su preocupación se encontraba en los accidentados y las pérdidas de la cosecha que ha arrasado el agua. Marie no sale de casa y debido a la cercanía del parto, y ese es el motivo por el que recibe visitas de la mayor parte de mujeres del pueblo permitiéndole recopilar información de diversas fuentes, se encarga de filtrarla para disponer de materia con el que amenizar las reuniones vespertinas con sus amigas.

No es la única que obtiene la información, Madeleine cumple con el deber de buena vecindad y acude a diario a casa de Marie, se preocupa por Martín con el que habla de la cosecha y las últimas noticias sobre el extraño desbordamiento del rio, y de todo aquello que se cuenta en voz baja en la taberna de Pierrot, y que le cuentan a Martin los buenos samaritanos que acuden a visitarlo, con la disculpa de que lo hacen por ser uno de los más damnificados.

Entre unas y otras noticias, la condesa se encuentra bien informada de lo que sucede en el pueblo, ha pasado de ser el centro de los comentarios a ser la más protegida, ahora es la matrona la que se encuentra en boca de todas, según cuentan, la han visto hacerle carantoñas al médico, y esto es un buen augurio para las embarazadas, que desean a una profesional que les atienda durante todo el proceso y lo que es más importante, durante el momento del parto. El padre Pascual y sus rarezas, es otro de los temas, nadie lo ha visto después del accidente, en sus reuniones Marie hace referencia a este hecho en varias ocasiones:

—¿Sabéis algo del padre Pascual? —mira los rostros llenos de extrañeza de sus compañeras y continúa— No es que me preocupe mucho, me sorprende su cambio de carácter desde que llegó la señora condesa.

—Pues no es solo él quien ha cambiado. —Dice una de las amigas.

Marie se da por aludida, es cierto que ella también ha cambiado, ya no cree que la condesa sea una «cazafortunas» no le importó salvar parte de la cosecha de otros, en lugar de correr a tratar de salvar la suya, y responde avergonzada:

—Me equivoqué con ella, pensé que había venido para sacarle el dinero a Armand, y ya sabéis como era él con las mujeres. Creo que hasta el padre Pascual ha cambiado, lo vi hace unos días desde la ventana, entrar en la casa de los condes.

Se organiza un revuelo entre todas las mujeres del grupo que comienzan a protestar:

—Eso sí que es una noticia, y te olvidas de contárnosla. ¿Te ha dicho tu amiga que la mantengas en secreto?

—Seguramente ese es el motivo, porque fue a ti a quien te dijo al oído que estaba embarazada. —Dice otra en un intento por sembrar la discordia entre todas ellas, y continúa— Además, ¿quién nos dice que fue Armand el autor del embarazo?

—La señora condesa, pasa muchas horas con Jotabe.

Este último comentario hace que Marie se enfade con sus amigas debido a los remordimientos, no puede consentir que difamen a Rose, ella se ha portado muy bien con Martín y con el resto de los accidentados, y también está el valor económico de la cosecha salvada, da una palmada sobre la superficie de la mesa, y responde airada:

—No tenéis motivos para difamar a Rose, —calla un momento al darse cuenta de que acaba de pronunciar el nombre de pila de la condesa, y continúa—Hay algo que no os he dicho nunca, y es que desde mi dormitorio se escucha lo que sucede en el dormitorio de ella, ayes, gemidos y otras muchas cosas más.

La sorpresa por esta noticia hace que el resto de las mujeres se mantengan en silencio esperando que Marie les relate todo un serial, algo subido de tono, les sirven las palabras detallando los sonidos, ellas ya tienen suficiente imaginación para recrear las escenas, y comienzan los gritos y peticiones de continuidad de esa historia tan atractiva:

—No nos dejes así, necesitamos saber toda la historia.

La sonrisa de Marie es el indicador de que ella se encuentra muy contenta de ser el centro de la tertulia, mira una a una a todas sus acompañantes, y al verlas con las bocas ligeramente abiertas en espera de que inicie el relato, suspira hondo, se coloca las manos sobre el vientre y comienza:

—Ya sabéis que esta casa en la que estamos tiene fama de estar embrujada, se dice que en ella murió la reina mora que trajo el conde de Tierra Santa en tiempo de las cruzadas. Cuando llegó Armand en compañía de esa joven, comenzaron a escucharse sonidos extraños durante la noche, y yo lo achaqué a que aquella reina mora se había enfadado por los pecados que estaba cometiendo su descendiente, —creí que Armand no se había casado— tengo que decir que Martín oyó mucho mejor todo lo que sucedía en la casa de al lado.

—Es posible que lo supiera, en el Pierrot los hombres se cuentan sus «hazañas»—Dice otra interrumpiendo a Marie.

—Sea como sea, mi Martín se animó y no había noche que no imitara aquellos sonidos, claro está que yo le acompañaba, y como dicen que de «aquellos polvos vienen estos lodos» me quedé embarazada, esto es algo más que tengo que agradecer a la condesa.

La reunión se anima por momentos, cada una de ellas quiere hacer preguntas sobre los detalles que imaginan más escabrosos, hasta que una con un afán más investigador, o tal vez más morboso, le pregunta:

—¿Dejaste de oír esos extraños sonidos después de conocer que estabas embarazada?

—¡No! ¡Qué va! Los sonidos se escucharon hasta el mismo día del fallecimiento de Armand.

La respuesta que acaba de dar Marie con espontaneidad, abre una nueva vía de comentarios, y sabe que servirá de motivo de conversación en todos los corrillos de mujeres y «reuniones» de los parroquianos de Pierrot, mientras mantienen un vaso de pastiche en la mano, suspira pensando que no hay mal que por bien no venga, continuará siendo durante mucho tiempo el eje central, tal vez durante todo el invierno o tal vez dure mucho más tiempo, trata de acallar su conciencia pensando que con lo que acaba de decir, nadie creerá que Jotabe es el padre de la criatura, y conociendo a sus convecinos cree que la señora condesa será el objetivo de alguna mente retorcida, y hasta puede que le asignen un nombre, sonríe al pensarlo, y su mente hace un recorrido por un nutrido diccionario de nombres probables, deteniéndose en uno que debido a su sencillez es posible que se le adelanten, a fin de cuentas ella lo haría para evitar un mal mayor, en su mente comienza a bailar el nombre y hace esfuerzos por no decirlo directamente, necesita pensarlo bien, aunque ella vota por «Condesa de Montpubien».

Condesa de Montpubien... Condesa de Montpubien... así todo unido, para que dé la sensación de un título nobiliario, y el dichoso monte esconda a otro monte cuyo nombre se escribe separando las dos palabras conque ha sido formado, monte púbico, o monte de Venus. Al darse cuenta los derroteros que van tomando sus pensamientos, Marie siente que tiene sofocos, y sin poder contenerse dice:

—¡Jesús, Jesús!

Se abanica bajo la mirada atenta de sus compañeras de tertulia, ella trata de disimular mirando a través de la ventana, incomprensiblemente para el grupo de mujeres, Marie se incorpora y señalando a la calle dice asombrada:

—El padre Pascual se dirige a la casa de los condes.

Sin proponérselo está aportando unas cuantas noticias, y esta se lleva la palma por la enemistad notoria entre el párroco y la condesa, después de un ¡Oh! De sorpresa, comienzan las preguntas en busca de una respuesta para la que no tienen la respuesta, de momento tienen que contentarse con un cúmulo de conjeturas.

Los golpes en la puerta hacen que Madeleine deje la lectura del libro que acaba de recoger de la librería que al anterior conde le gustaba ir agrandando con incunables y primeras ediciones, es la hora en la que descansa del trabajo de la mañana y todavía no ha iniciado la preparación de la cena. Los condes se encuentran en el piso superior, y le han dejado bien claro que no desean que se les moleste, sonríe maliciosamente pensando en la ocupación por la que no desean que se les moleste, lee la última frase y coloca la cinta que indica el punto de lectura, y después de dejar el libro en la pequeña mesita, se dirige a la puerta de entrada mientras habla con algún ser imaginario:

—Estas no son horas de molestar en una casa de bien. Si se trata de algún vendedor ambulante, podía haber elegido otra hora. —Mientras protesta oye de nuevo el sonido del ruidoso llamador, y abre la puerta con mientras grita—¡Va! ¡Va!

Abre la puerta con fuerza y se sorprende al encontrarse con el padre Pascual sonriente, que se introduce por el hueco mientras le dice:

—Buenas tardes Madeleine, dígales a los condes que he llegado.

—Están...

—Estoy aquí Madeleine. Buenas tardes padre.

La voz de Rose hace que la sirvienta de un respingo, seguido de un suspiro de alivio al sentir la mano de Rose que acaba de poner en su hombro, haciendo que el sacerdote ría debido a la sorpresa. No es lo único que la sorprende, la risa del sacerdote se parece más al padre Pascual que recuerda antes de la llegada de Rose, un sacerdote menos irascible y mucho más amable, este otro que se encuentra ante ella parece haber rejuvenecido, y aún se sorprende más al escucharle:

—Señora condesa, le agradecería que me invitase a ese coñac añejo que me ofreció la última vez, mientras tanto esperaremos al resto de personas que me he permitido citar.

—Esperaremos a sus invitados, Jean Baptista me ha dicho que llegará un poco más tarde.

No tienen que esperar mucho tiempo, Giselle y Celine acuden a la cita acompañadas por León, y un momento más tarde llega Jean Baptista penetrando en la casa a través de la puerta trasera que da acceso al jardín. El padre Pascual se pone de pie para ejercer de anfitrión:

—Además de los que estuvimos en nuestra anterior reunión, hoy le he dicho a León que nos acompañe para que busque todas las pistas que pueda conseguir y que den luz a lo que creo que fue provocado en el desbordamiento de hace tan solo unos días.

La exposición del sacerdote hace que todos se pongan tensos, y es León quien comienza a unir cabos sueltos, su cuerpo se convierte en un cable de acero, da un brinco en la silla haciendo que se desplace con fuerza y comenta tensando los músculos exclama con furia:

—Querían que muriésemos nosotros. Martin y su gente no tenían previsto ir a las fincas del otro lado del rio.

De nuevo se sorprenden todos ellos, y Rose se levanta para acercarse a León para que explique lo que acaba de decir:

—Después de que nos reuniéramos todos los representantes de las familias de aparceros, fue a hablar con Martin para que nuestros tractores no se interpusieran en el paso del vado, lo decidimos mediante sorteo delante de todos, nos correspondió a nosotros el vado, pero al salir camino de su casa, Martin me pidió que fuesen ellos quienes lo hicieran.

Después de hablar comienza a dar paseos de un lado a otro de la sala, y es el sacerdote el que habla:

—Al parecer el culpable o los culpables se encontraban en la taberna mientras el sorteo, debemos dar gracias a Dios porque no hubo muertes. Yo también soy culpable por no haberme dado cuenta de ser el tonto útil en este caso.

—Dejémonos de lamentaciones y culpabilidades, y veamos cómo podemos ocuparnos de tu obispo.

El padre Pascual se da cuenta de que Rose ha cambiado, no es la mujer socialmente correcta, acaba de tratarlo de tu, en vez del usted anterior, le molesta, pero la voz de su conciencia le dice que la condesa tiene motivos para hacerlo sentirse inferior. No ha sabido respetarse a sí mismo y ha deshonrado a sus hábitos, agacha la cabeza y retoma el relato:

—Les dije que el culpable de todo era el señor obispo en connivencia con la Gestapo, pero alguien se interpuso y no se cumplieron sus deseos, y el culpable de que eso sucediera fue Armand. El obispo se enteró al concederle la Legión de Honor, y juró vengarse.

Jean Baptista trata de comprenderlo todo, comienza a recordar los esfuerzos que hizo el padre Pascual para que aceptase ingresar en el seminario, y la manera en la que el padre económo y el superior insistieron para acelerar la ordenación y hacer los votos, continúa durante un momento madurando una teoría y trata de exponerla tímidamente:

—Se trata de una venganza contra mi padre y el obispo cree que la mejor forma de castigar a mi padre es atacarme a mí.

—No te creas tan importante hijo, el obispo quiere resarcirse de la pérdida que le provocó tu padre y no parará hasta que lo consiga, si antes no le paramos los pies. —Dice Giselle.

Rose rompe el mutismo que parece haberse apoderado de todo el grupo tratando de asimilar el posible complot, no está dispuesta a ceder ante la amenaza y se dirige a León

—Mientras buscas pruebas para confirmar que ha sido intencionada la ruptura de las dos presas, hablaré con mi abuelo, hace mucho tiempo que no he hablado con él.

LA BANCA GANA

El suave destello de las primeras luces del alba, se abren camino a través de los cortinajes del balcón en un intento de alcanzar a Rose que se encuentra tendida sobre una cama con la ropa en desorden, dando la impresión de que se ha convertido en campo de batalla durante la noche, a su lado Jean Baptista se apoya sobre un codo, dejando que sus ojos recorran el cuerpo desnudo de la mujer, y pasa el canto de la uña de su dedo índice por la línea que marca el recorrido de la columna vertebral, y sonríe al dejar que vuele su imaginación, sintiendo un suave movimiento de cierta parte de su cuerpo que despierta, y trata de abrirse camino desde su entrepierna.

Un movimiento brusco intentando espantar a lo que cree que se trata de una mosca recorriendo su espalda, provoca la risa de Jean Baptista despertando a Rose que se incorpora y pasa su mano por la cara del hombre deteniendo los dedos en sus labios para que le deposite un beso. Jean Baptista se acerca para retener la cara de Rose y besa sus labios mientras deja que su cuerpo caiga sobre el de ella, al mismo tiempo que sus manos comienzan a acariciar el cuerpo desnudo de la mujer, que responde a las caricias haciendo que la respiración sea algo más rápida y profunda.

Unos golpes en la puerta del dormitorio interrumpen los momentos de éxtasis, y hace que Jean Baptista interrumpa la sesión de besos y caricias y sin separarse ce Rose, pregunta enfadado:

—Es hora de dormir.

La carcajada de Rose provoca que Jean Baptista dibuje un gesto con la boca, que se asemeja a una burla de sonrisa, y tan solo un momento más tarde se convierte en una carcajada tan sonora como la de Rose, se miran los dos y poniéndose de acuerdo con la mirada dicen a coro:

—¡Que es hora de dormir!

Al otro lado de la puerta se encuentra Madeleine y contesta intentando no reír:

—Acaban de llegar dos telegramas. Son importantes.

Los pasos de Madeleine alejándose son el pistoletazo de salida para que los dos abandonen el lecho, Rose corre al baño y cierra la puerta para que Jean Baptista no trate de «entretenerla» mientras hace las abluciones matinales, y pone algo de color en su rostro y labios, tiene que aguantar el ruido de unos cuantos golpes en la puerta y el consabido «me las pagarás» de Jean Baptista que se conforma con vestirse de manera informal, pasa sus dedos por el pelo trigueño retirando un mechón que le cae sobre la frente dándole aspecto de niño travieso, pasa su mano por el mentón y al sentir el nacimiento de la barba, sonríe y dice en voz alta:

—Me vengaré, no me afeitaré durante dos días para dejarte roja tu mejilla.

Una nueva carcajada es la contestación de Rose, que no puede oír Jean Baptista que ha salido del dormitorio en busca de los telegramas, y del desayuno que le habrá preparado Madeleine, hasta él llega el olor a pan recién horneado, En la puerta de la cocina lo espera Madeleine con el rodillo de madera en la mano y sin miramientos le grita:

— Primero adecéntate, desayunaras cuando llegue la señora condesa.

Si Madeleine dice que no, él no tiene nada que hacer, Jean Baptista se siente como cuando era niño, y se dirige hacia el baño que hay al lado de la cocina, sonríe y dice entre dientes:

—Si quieres tratarme como a un niño, seré niño.

Madeleine continúa en la puerta de la cocina cuando Rose se dirige hacia ese mismo lugar, sonríe al ver el rodillo de madera en manos de la sirvienta y la saluda con una carcajada:

—Buenos días Madeleine, ¿hay algún ladrón cerca?

Un gruñido por toda respuesta de Madeleine que se retira de la puerta para permitirle el paso, en el interior les espera una sorpresa:

—Habéis tardado demasiado, he dudado en si sería correcto desayunar solo o debería hacer caso a las reglas de urbanidad.

Las dos mujeres ríen al ver a Jean Baptista que las mira con los telegramas en una mano y una taza de café en la otra, Rose se acerca rápidamente haciendo mención de besarlo y cuando él se acerca para responder al beso, ella le arrebata de un tirón los telegramas y retrocede rápidamente riendo, hasta encontrar un lugar seguro, alejada de las manos del joven donde poder leer los mensajes, después de leerlos, su rostro se ensombrece, y comenta:

—Tenemos que preparar el equipaje, salimos de viaje.

Una hora más tarde el Citroën DS de color rojo Burdeos que Armand se empeñó en adquirir para utilizarlo en el viaje de regreso a Montpubien después de la ceremonia de matrimonio con Rose, sale del garaje de los condes conducido por la condesa, el padre Pascual acaba de oficiar la misa, y se detiene en el centro de la plaza esperando a que se le acerque el vehículo, los ocupantes lo miran con curiosidad, Rose reduce la velocidad, y al llegar al lado del sacerdote acciona la manivela para que descienda el cristal y lo saluda:

—Buenos días padre Pascual, tengo la sensación de que nos está esperando:

—Tened buen día hijos. Si se desea guardar bien un secreto, hay que confiar su custodia a todo el pueblo. No voy a desearos suerte porque todo está en manos de Dios, y no entiende de suerte. Si me lo permitís, voy a daros un consejo.

Jean Baptista, ríe convencido de que se lo permitan o no, el cura les dará ese consejo que acaba de anunciar, trata de acercar la cabeza a la ventanilla contraria, deja su rostro pegado al pecho de Rose y dice a voces:

—Díganos ese consejo que estoy convencido que lo ha meditado durante unos días.

—Tienes razón Jotabe, pensaba haberlo dicho con una copita en la mano, pero ya sabéis que el hombre propone...

—Abrevie padre que no es uno de sus sermones. —Dice Jean Baptista riendo.

—Tienes razón hijo, pero lo que voy a decir tiene que ver con la Iglesia. Dejo este pueblo.

La noticia pilla desprevenidos a los condes, y es Rose la primera en reaccionar:

—Si es por lo que nos ha contado estos días, me gustaría poder hacer algo para que continúe entre nosotros.

El sacerdote se siente abrumado por la manera en la que lo trata Rose, ha sido contra ella la que ha dirigido sus ataques, el día en el que sucedió el desgraciado «accidente» que ha llevado a la ruina a muchas familias, y aun así se sienten afortunados por no haber sucedido una tragedia mayor, sonríe tímidamente y responde:

—Muchas gracias, prefiero alejarme al menos por un buen tiempo, pero les aseguro que seré yo quien los una en santo matrimonio.

Una estentórea carcajada es la respuesta de Jean Baptista, Rose lo mira reprobando que el joven haya dado a entender, sin palabras, que están ocultando un amor prohibido para las mentes de los vecinos de Montpubien. Es viuda y se encuentra embarazada, siente que tiene sentimientos contradictorios, ha creído siempre que es una mujer libre a quien no le importa lo que piensen de ella los demás, y ahora se da cuenta de que existe otra Rose conservadora, con la necesidad de mantener para ella su intimidad. Se justifica diciendo que lo hace por proteger al hombre que ama, la curiosidad le hace preguntar:

—¿Cómo...

—Ya os he dicho antes que los secretos se guardan mejor entre todos.

El rubor en el rostro de Rose y la sonrisa de Jean Baptista, hacen que el padre Pascual vea confirmadas sus sospechas, se preocupa por lo que pudiera suceder si el obispo llegase a enterarse de esta noticia, introduce los dedos debajo de la boina para rascar en su cabeza como si desease hurgar en ella para que surjan las ideas, Rose azorada comienza a hablar:

—El niño...

—El niño es hijo de Armand no se hable más.

El tono de voz del sacerdote se ha vuelto imperativo, el pequeño cura indeciso y un poco loco, se ha convertido en un hombre distinto, no ha necesitado apoyarse en la punta de sus zapatos como lo hace en el púlpito, desde el interior del vehículo los condes lo observan en silencio, y de nuevo es Rose la que pone una nota de humor que modifica el giro que está tomando la conversación:

—Me da miedo padre Pascual, este no es el párroco que me encontré a mi llegada al pueblo.

La sorna empleada por Rose hace sonreír al sacerdote, entrelaza sus dedos para apoyar las manos sobre su incipiente barriga, dice:

—¡Jesús, Jesús! Me ha hecho cambiar usted, creí que se trataba de una cazafortunas. — El párroco suspira antes de continuar —Reconozco que me equivoqué.

Durante un momento se hace el silencio, es un momento embarazoso que obliga a Rose a poner el motor en marcha, y se despide del sacerdote antes de que la inversa ion adquiera tintes más dramáticos:

—Se nos hace tarde padre, nos esperan en Marsella

—Id con Dios hijos, y tened mucho cuidado.

El padre Pascual ve alejarse el vehículo, mira la columna del humo blanquecino que expulsa el tubo de escape, recuerda el momento en el que llegó para hacerse cargo de la parroquia, y su ira contenida durante muchos años, y ahora que aquella ira ha ido desapareciendo siente dolor, sonríe con cariño al recordar las miradas de los dos jóvenes. Nuevamente sonríe al recordar ese primer momento de contacto con sus feligreses, Armand llegó a la misa, un poco más tarde que el resto de las asistentes, le impresionó su seriedad y su gesto de tristeza, enfundado en un traje negro le pareció más alto de lo que en realidad era, y mucho más delgado, lo que más le sorprendió fue su tono de voz jovial que desdecía con su imagen:

—Buenos días páter, soy Armand de la Roche, me alegro de que el señor obispo haya accedido a mi petición de que viniera a esta pequeña parroquia.

Así se presentó o al menos así lo recuerda el padre Pascual, intuyendo el motivo por el que el conde había solicitado que fuese él precisamente quien cubriera la vacante en la parroquia, hizo que cambiase su sermón que había en la parábola del «Rico insensato» por «La perla de gran precio», todavía recuerda el rostro de los feligreses que no comprendían el motivo de esta parábola, solamente Armand lo escuchaba con atención, ocupando uno de los dos reclinatorios en el altar de San Miguel, en el reclinatorio vacío habían depositado una rosa roja con un lazo negro. Todos creyeron que era en recuerdo del viejo conde a quien le gustaba cuidad con esmero un viejo rosal que había plantado en su jardín, aquel día el padre pascual supo que era en conmemoración de la esposa de Armand, fallecida durante el parto. Ya hace un buen rato que el automóvil ha desaparecido de la plaza, y el padre Pascual continúa pensativo sin moverse un ápice del mismo lugar, mueve la cabeza para ahuyentar los recuerdos y dice entre dientes:

—Tendré que hablar con todos ellos.

***

Sentados en una mesa retirada de la cristalera de la pared principal del bar propiedad de uno de los amigos de su infancia Rose saborea un café mientras espera la llegada de su tío Jean de la Croix, Jean Batista observa cada mohín de sus labios y cada vez que frunce la frente indicando que sus pensamientos están repletos de preocupaciones, aprovecha a llevarse la taza a los labios para mirar disimuladamente a su alrededor, una pareja de jóvenes los observan como si fuesen una atracción de feria, en un rincón un hombre con el pelo cortado al estilo militar lee el periódico, y de vez en cuando mira por la cristalera dando la sensación de que espera a alguien:

—Tengo la sensación de que nos observan.

Utiliza un tono bajo para expresar su preocupación, pero las palabras de Jean Baptista alertan a Rose que da un respingo y mira hacia el lugar que le indica su compañero con la vista, la pareja de jóvenes se dispone a abandonar el local, saludando con un gesto de cabeza al hombre del periódico que les responde de la misma manera:

—A donde...

La frase no termina de salir por la boca de Jean Baptista, que tiene que recoger en el aire la silla —ocupada por Rose hasta ese mismo instante—, para evitar que el mueble golpee en el suelo de madera provocando un estruendo en el local repleto de gente que procura no elevar el tono de sus conversaciones para no molestar a los demás clientes que acuden al bar para pasar un rato alejados del ruido de las calles, mientras coloca la silla en su lugar escucha a Rose saludar a un tal Dominique, se incorpora para ver de quien se trata, y ve sorprendido que habla con los jóvenes de la mesa cercana, y aún puede oír parte de lo que les dice:

—...veo que todavía te utiliza mi tío para que espíes a las personas de bien.

El azoramiento del joven hace reír a Rose que escucha una voz conocida a su espalda:

—Tengo que estar seguro de que no te ha seguido nadie. El padre Pascual me avisó de que habíais salido del pueblo.

Al escuchar en nombre del padre Pascual, Rose abandona el impulso de abrazar a su tío, se siente vigilada en todo momento, cree haberse introducido en una película negra de Jean Renoir, y se limita a saludarlo:

—Buenas tardes tío, te sigue gustando interpretar a Rififi, creo que hubiera sido mejor un recibimiento más familiar, y reunirnos en una mesa, me he debido equivocar al venir a Burdeos en lugar de ir directamente a Marsella.

El enfado va en aumento a medida que le recrimina a su tío el recibimiento. Jean Baptista se mantiene sentado en su silla sonriendo al ver la furia creciente de Rose, espera que no se exalte demasiado, porque si han sido citados en este bar para pasar inadvertidos, va a hacer que toda la ciudad se entere, es momento de actuar se acerca a ella y pasando un brazo por su cintura le habla al oído:

—No es momento de discutir, tu tío cree que lo mismo que le han llegado noticias de nuestra salida, también le han podido llegar al obispo. Debemos ser cautos.

Ella se vuelve para intentar responder y se encuentra con los labios de Jean Baptista que sella los suyos, al retirarlos, pone su dedo índice sobre los labios, ve a Jean de la Croix dirigirse hacia una puerta lateral y le indica a Rose que deben seguir a su tío, algunas miradas de los asistentes los siguen sonriendo al creer que se trata de una disputa de enamorados.

Ante ellos aparece un pasillo estrecho que finaliza en un pequeño apartado, en él encuentran a un grupo de personas, Rose las reconoce, son los asistentes al entierro de Armand, Jean de la Croix los presenta como socios de la banca de la familia, y seguidamente le pide a Rose los documentos en los que se encuentran las pruebas que acusan al obispo de un delito.

Los papeles pasan de mano en mano, Jean Baptista observa a cada uno de ellos y reconoce al que le dio una moneda en el velatorio de su padre, y comienza a plantearse sobre el vínculo de su padre con esta gente. Introduce la mano en el bolsillo del pantalón y se sorprende al sentir el tacto de la moneda que no recuerda haber introducido en él, tiene que abandonar las elucubraciones al comenzar a hablar el mismo hombre que le entregó la moneda:

—Hace ya siglos que los que me precedieron contrajeron una deuda con la casa de la Roche, juraron pagarla costase el tiempo que costase, a lo largo de la historia hemos pasado por muchas vicisitudes, siempre hemos renovado el juramento entregando una moneda al nuevo conde de la Roche. Hoy tenemos la oportunidad de saldarla por eso le pido al joven señor de la Roche que me entregue la moneda que le entregué en el entierro de su padre, y podremos cumplir con nuestra promesa.

Jean Baptista introduce de nuevo su mano en el bolsillo y extrae entre dos dedos la moneda solicitada, con la que ha estado jugueteando, siente curiosidad y la mira, extrañado la gira tratando de saber qué tipo de moneda es, al ver la cara de extrañeza Jean de la. Croix le dice:

—Es un besante

Mira bien la pieza de oro con caracteres cúficos y una cruz en el centro, y comienzan las preguntas a rodar por su mente, ¿Quiénes son estos hombres? Al verlo tan interesado por la moneda, el hombre extiende la mano para recuperarla y le comenta:

—Estas monedas fueron acuñadas en Tierra Santa, los que me precedieron pudieron salvarlas de todos los que intentaron apoderarse de nuestros bienes. Estas monedas nos recuerdan quienes fuimos y cuáles son nuestras obligaciones.

Jean de la Croix, recoge los documentos y sale del apartado, en la puerta lo espera el mismo hombre de pelo cortado a cepillo al que entrega los papeles y le dice:

—Ya sabes que tienes que hacer, mi padre se pondrá muy contento cuando lo sepa, ponte en contacto con el Ambrosiano y presiónalos para que paguen, haz lo mismo con el Banco Vaticano.

El hombre los recoge y afirma con la cabeza, y contesta:

—Tu padre pedirá venganza, y tu pides dinero.

—Ambos deseos pueden ser compatibles, ya conoces nuestro lema.

El hombre entrechoca los tacones de sus zapatos, inclina la cabeza con firmeza y se despide con un lacónico «Non nobis» Jea de la Croix cierra la puerta y se apoya en ella, en un intento por ordenar todo lo que queda por hacer antes de que el juez dicte sentencia, y Jean Baptista caiga en manos del obispo, o mucho peor, si deciden inculpar a Rose de seducir a un menor, no importa que sea cierto o no, siempre hay alguien que puede afirmar que ha visto algo a cambio de dinero, exprime cada una de sus neuronas para encontrar una solución, y surge una que puede ser descabellada pero no se pierde nada por intentarlo:

—¡El padre Jean Baptiste Janssens!

Tiene que intentar que le llegue una carta, a través de la sede de Roma, está convencido del el religioso podrá entregarla a algún miembro influyente de la Santa Sede, recuerda a un cardenal con el que ha hecho algún tipo de transacción a través de la sucursal del banco en Roma, no se encuentra en su despacho y trata de recordar, se trata de un hombre de aspecto bonachón y firme, y el nombre aparece de golpe:, se trata de Monseñor Aloisi Massella, satisfecho se dirige nuevamente al local de la reunión y se encuentra a todos en animada charla, le extraña al ver a su sobrina que hace las preguntas relativas a Armand, mientras Jean Baptista guarda silencio, tratando de recordar todo lo que le cuentan de su padre. No le cabe duda de que entre ambos jóvenes existe un vínculo más fuerte que el de la simple amistad. No es momento de entretenernos con las historias de un pasado doloroso, piensa, no desea perder el tiempo, bate las palmas para llamar la atención de todos los asistentes y les dice:

—Los documentos ya han salido hacia su destino, y mañana a primera hora pediré ayuda para agilizar los trámites, creo que le daremos a nuestros abogados todo lo que necesitan para que el juez desestime esta causa. Es momento de retirarnos.

Se disuelve la reunión y esa misma noche los teléfonos de las oficinas de la banca de Simón de la Croix, hablan con distintos directivos del banco Ambrosiano, gritos, amenazas, ruegos y promesas de sobornos encubiertos, se entremezclan a partes iguales, y después de una negociación que se alarga hasta altas horas de la madrugada, un coche blindado custodiado por personal de seguridad sale de las cocheras en el sótano del banco Ambrosiano para dirigirse a un punto de las Tullerías de Paris, donde deben abandonar el vehículo, al lado de un cafetín, otro vehículo igual los espera para que hagan el camino de retorno al banco.

Esa misma mañana el Citroën color burdeos aparcado ante la puerta de la casa de los de la Croix, parte hacia Marsella, Rose le muestra el mapa de carreteras a Jean Baptista en el que ha señalado las etapas, primera parada en Toulouse, y la segunda en Montpellier, el joven la mira sonriente y mientras pone el coche en marcha le dice:

—¿Se trata de un viaje de negocios o has planeado nuestra luna de miel?

Este comentario termina con una bofetada de Rose y una carcajada de los dos, que se sienten felices por encontrarse solos de nuevo, han pasado unas horas en compañía del abuelo con el que Rose ha tenido que recordar momentos dolorosos, y reproches del anciano, no solo por haber aceptado su boda con Armand, sino por lo que él llama una temeridad al haberse enamorado del hijo de su difunto esposo, mientras el automóvil recorre la carretera, ella cierra los ojos para no ser interrumpida por Jean Baptista, y poder culparse de la respuesta que ha dado a su abuelo:

—Somos jóvenes, y si, nos hemos enamorado, ¿te hubiera gustado verme llorando por los rincones?

Se arrepiente de haberle respondido así, ya tiene muchos años y no sabe si volverá a verlo vivo. Tiene que contener su ira, no le perdona que nunca aceptase el matrimonio de sus padres, al menos lleva un sobre que solucionará muchos problemas, una lágrima brilla en las pestañas de Rose, y no pasa desapercibido para Jean Baptista, que dice con voz ronca:

—¿Estas triste?

—No te preocupes, se me pasará. —Responde Rose.

—Olvida lo que ha dicho tú abuelo, tal vez hubiera querido un matrimonio con alguien de su entorno.

La lágrima cae por la mejilla y la mano de Rose responde con una caricia que refuerza con unas palabras:

—Disfrutemos de este viaje, y cuando lleguemos a casa ya decidiremos cómo es nuestra vida.

Coloca su mano en el vientre que abomba deliberadamente, al ver el gesto Jean Baptista, ríe nervioso procurando no quitar la vista de la carretera, son menos de tres horas, su llegada al hotel y poder descansar de una noche cargada de emociones. Al hacer la inscripción en el hotel es Rose la que presenta los documentos junto al libro de familia, el recepcionista mira las inscripciones y al ver los nombres borra el atisbo de sonrisa maliciosa y se dirige al casillero, para regresar con un telegrama que le entrega a Rose y le dice en un perfecto occitano:

—Señora condesa, tienen un telegrama. Han venido dos hombres preguntando por ustedes.

—Necesito un teléfono privado.

Responde Rose después de abrir el telegrama, y espera a que el recepcionista haga una llamada por la línea interna. Supone que está informando al director del hotel, y lo confirma al ver al hombre trajeado que extiende su mano para saludarla y le dice:

—Síganme a mi despacho por favor.

El director se adelanta y al llegar a su mesa les señala un pequeño artículo de la primera edición de «Le Fígaro» Jean Baptista se adelanta para leer los titulares. «Una enfermedad repentina obliga al obispo de Marsella a abandonar su sede»:

—Supongo que ya no es necesario hacer la llamada.

De nuevo el director sonríe por la apreciación de Rose, y les dice:

—El telegrama era una disculpa para mostrarles en privado la noticia del periódico, les aconsejo que salgan del hotel por la puerta trasera, uno de mis hombres los guiará hasta el domicilio de unos amigos de su esposo. Con ellos estarán más seguros que en el hotel.

EL DIARIO DE ARMAND

La vida en Montpubien ha cambiado significativamente, su población se ha visto incrementada en veinte nuevos y pequeños ciudadanos, la primavera ha llegado con la alegría de la repoblación de los campos de lavanda para contrarrestar los destrozos producidos por la riada, Otra novedad es la oficina bancaria abierta para tramitar créditos a interés cero con inicio del pago de la primera cuota con los beneficios de la primera cosecha, las mujeres salen a la calle provistas de sillas y de los correspondientes útiles de costura vuelven a formar corrillos en la calle, los cotilleos circulan de corrillo en corrillo, gracias a las «desquiaceradas» que pasean por las calles parándose a hablar con las que se dedican a realizar los encajes y zurcidos, amén de hablar de todo aquello que estimen noticiable.

Las noticias cambian según la temporada, al parecer en esta última, la señora condesa ha pasado de moda, se ha convertido en otra más de las embarazadas, viste unos modelitos muy monos de premamá, todas las mujeres añoran aquellos zapatos de tacón lapicero, y las costuras rectas de las medias, en lugar del zapato plano que viste ahora y las medias más gruesas para evitar que las varices marquen las temidas líneas de un azul intenso, aunque hay dudas sobre el color si azul o morado, pero como dice Marie, en la condesa lo normal es que las varices sean azules, después del comentario llega la estruendosa carcajada y el enfado de Marie por haber despertado a su pequeño Martín, que bastante tiene con no poder dormir durante toda la noche por la continua demanda de su ración de leche materna del pequeño mamoncete. Armand continúa sin pasar de moda, pero ahora no se habla de él de manera jocosa, es claro que ha muerto, y no se debe hablar mal de los muertos, pero abundan los comentarios con un toque de mala leche:

—Dicen que ha desheredado a Jotabe.

El comentario dicho en voz baja, hace que todas dejen descansar a la aguja , y miran a un lado y al otro fijando la vista en la puerta de los condes, indicando que pueden ser oídas por Madeleine, que se encuentra sentada en una silla al lado de la puerta, separada del resto absorta en sus pensamientos, y al parecer como dicen en el pueblo, desde el regreso de los condes de su último viaje a Marsella, la pobre mujer no levanta cabeza, Marie la mira con pena y responde a su compañera de tertulia:

—En ese viaje pasaron cosas raras, el padre Pascual se fue del pueblo, según los «papeles», nos cambiaron de obispo, —hace un silencio para dar más énfasis a lo que va a decir—Armand hizo una jugada después de muerto, los curas no pueden quedarse con la herencia.

—Creo que Armand lo había pensado desde hace tiempo, y buscaba otro hijo a toda costa. —Dice la primera en hablar

Todas las demás miran a Marie, que se pone roja al recordar, los ruidos que escuchaba durante las noches a través del pasadizo abierto entre las dos casas, acunando a su pequeño Martín para evitar que comience a llorar, comenta:

—Algo habría visto en esos curas.

Todas agachan la cabeza para dar sensación de encontrarse absortas por sus labores, cuando ven acercarse a Rose en compañía de Celine, en animada conversación. La condesa no trata de evitarlas, se dirige hacia ellas y las saluda con una sonrisa:

—Buenas tardes a todas, las veo muy atareadas, me gustaría hacerles una pregunta.

Todas ellas contestan a su saludo y hasta le enseñan los bordados, y Marie es quien se adelanta para decirle:

—Pregunte lo que quiera, no tiene que pedir permiso.

El resto de las mujeres asienten y repiten lo que acaba de decir Marie, Rose comienza a hacer carantoñas al niño que se ha despertado y ríe al atrapar el dedo de la condesa para llevarlo inmediatamente a la boca, esta como si no tuviera importancia comenta mientras juguetea con el niño:

—¿Se han dado cuenta las miradas entre Ricard y Rebeca?

Todas las mujeres la miran ocultando el placer que les causa una noticia de este calibre, todas ellas lo han visto, y Marie también ha visto algún otro gesto que le ha pasado inadvertido y por eso se lamenta, y es la curiosidad la que toma la iniciativa, y pregunta:

—Si en algún momento sabe usted algo más que nosotras y no le importa compartirlo, se lo agradeceremos, —mira al grupo de mujeres de manera inquisitiva y continúa— ninguna de nosotras dirá que ha sido usted quien nos lo ha contado. Ya sabe señora condesa que nuestra boca está sellada como una tumba.

La condesa ríe mientras se agarra la abultada barriga y las mira a todas con picardía y comenta:

—Tan cerradas como la tumba de Armand, y al parecer se encuentra más abierta que cuando él se encontraba entre nosotros, entonces mantuvo muchos secretos que desde la tumba son la comidilla de todo el pueblo, y aun así las creo y sé que en este caso no revelarán sus fuentes, —no se oye ni una respiración, todas las mujeres la miran con temor, pero Rose ríe y les hace otro comentario para animarlas—¿Qué opinan de mi pariente Dominique?

Todas las mujeres se santiguan y murmuran jaculatorias para evitar que la mala suerte recaiga sobre ellas, Rose sonríe y mira de reojo a Celine que agacha la cabeza para ocultar el rubor, sonríe maliciosa al ver que Marie se ha dado cuenta de que la pregunta llevaba unos gramos de picardía, y le sigue el juego a la condesa:

—Ha causado un buen revuelo entre las jóvenes, y a alguna no le importaría que se hicieran realidad ciertos sueños.

Celine aprieta los dientes, el temor y la ira se apoderan de ella, al verla Rose se apresura a terminar la conversación, la agarra del brazo para dirigirse hacia donde se encuentra sentada Madeleine, lo hacen despacio y riendo de lo conseguido al detenerse con estas mujeres, en un solo momento han hecho que Rose se convierta en una fuente creíble, ha puesto a su disposición el correo más rápido de Montpubien, y han colocado una cortina de entretenimiento, mientras tanto se olvidan de hablar de otros temas de los de la Roche, cree que Marie no es solamente un buen correo, sino que puede ser que se trate del correo oficial b de Montpubien, y le dice a Celine:

—Tengo que pedirte un favor, busca a dos mujeres jóvenes que quieran trabajar con nosotros, es hora de que Madeleine se jubile.

—Desde que falleció su esposo está sola, y dejar la casa puede ser muy doloroso para ella. —Dice Celine.

—Jubilarla no quiere decir despacharla, es momento de que viva como le corresponde, quiere a tu primo como si fuese su nieto, y quiero que ella junto con tu abuela, sean dos personas importantes en la vida de mi hijo.

—Si buscas a esas dos mujeres para que cuiden del bebé, puedo hacerlo yo con mucho gusto.

—Para ti tengo otro trabajo, —dice Rose, acariciando el brazo de Celine, la mira sonriendo y continúa—tú y yo nos iremos de compras a Marsella, necesitamos cambiar tu vestuario, ahora necesito descansar, ahora ayuda a Madeleine.

Se dirige al dormitorio porque en este momento necesita más intimidad que si se recluyese en el despacho, mientras sube las escaleras recuerda el momento de la lectura del testamento por el notario de Marsella, recuerda cómo el notario abría un sobre lacrado y extraía una carta escrita por Armand de su puño y letra. Llega al dormitorio y recoge el sobre que deposita en la cama, coloca las almohadas para que le sirvan de respaldo y después de descalzarse, se sienta, y extrae del sobre grande otro más pequeño en cuyo interior guarda la carta manuscrita por Armand, y comienza a leer, y se detiene al llegar al punto que le preocupa «...en el caso de que mi esposa estuviese embarazada a mi muerte o hubiera tenido descendencia...» deja la carta sobre la cama y comenta dirigiéndose a Armand:

—Me dijiste que deseabas tener otro hijo, pero duele saber que me utilizases para que te diese un hijo y utilizarla como un arma para utilizarla en tu guerra.

Después de hablar repara que el dolor ha sido producido por el egoísmo. Creyó estar enamorada de Armand y al conocer a Jean Baptista se sintió atraída por él, recoge un libro encuadernado en cuero y lee el título de letras de oro, «DIARIO DE ARMAND DE LA ROCHE» busca el separador de seda roja y abre el libro por la página en la que Armand relata los días pasados con Jean Baptista antes de la boda. Cada vez que lo lee se asombra, Armand se dio cuenta de la atracción que sentían los dos jóvenes, al mismo tiempo que sabía que su vida tenía fecha de caducidad, y apostó por vivirla sin preocuparse por la cercanía de la muerte, el médico le había hablado de las posibilidades de una operación de la que no tenía garantías suficientes para superarla. Necesitaba urgentemente otro hijo, y tampoco quería que un enamoramiento juvenil estropease sus planes, y lee una reflexión que las ha con una letra un poco más picuda en la que se manifiestan sus sentimientos; … «tendrán tiempo para eso»

Esta parte del diario le hace recordar una petición que le resultó extraña, fue durante la celebración de la boda, recuerda que Armand, había bebido alguna copa de más y le dijo:

—Si por casualidad muriese, haz todo lo que creas necesario para que Jean Baptista no regrese al seminario. —Recuerda como la agarro con fuerza por los hombros y le dijo— Cuando digo todo, es todo, ¿Me lo prometes?

—Creo que he cumplido con creces esa promesa, he hecho todo lo que ha estado en mi mano para que no lo separen de mí, ni de lo que venga,

Se encuentra confundida, su amor por Jean Baptista es lo único de lo que no duda, pero no llega a comprender que es lo que sintió por Armand, y tampoco sabe que deberá decir a su hijo cuando le pregunte por su padre, esta es otra duda que no sabe cómo debe afrontar. ¿Quién es su padre? Una y otra vez surge la pregunta, en su pecho se abre un vacío que no sabe cómo rellenar, pasaría horas llorando y solo se lo impide un calor que la llena por entero, nada importa llorar o reír, no sabe cómo debe reaccionar para afrontar esta situación, necesita que Jean Baptista la rodee con sus brazos, recoge con desgana el sobre que ha dejado sobre la cama. No desea estar sola y tampoco desea salir del dormitorio, todavía faltan unas horas hasta que

Jean Baptista deje el trabajo y regrese cansado con ganas de caer en la cama agotado, sonríe al comprender que esto es otra de las argucias de Armand, haciendo que León haga trabajar a su sobrino más que lo que exige a cualquiera de los trabajadores, arreglar la tierra y plantar la lavanda, y ayudar a quienes lo necesiten en los trabajos más duros.

Tiene miedo a que se canse de ser considerado como el aprendiz a quien todos tienen la obligación de hacerle trabajar, sin hacerle caso cuando desea exponer sus ideas, y León es el más adecuado para sacarlo de sus casillas.

Unos golpes en la puerta la obligan a abandonar a sus pensamientos y sus temores, no le da tiempo a dar permiso para que entren, se abre la puerta pareciendo la cabeza de Celine que sonríe mientras le dice:

—Ha venido la abuela, y quiere hablar contigo.

El anuncio de que Giselle quiere hablar con ella, la hace saltar de la cama, y lo aprovecha Celine para colarse en el interior, Rose sonríe y pregunta:

—No te quedes ahí y dime que es lo que deseas.

—Cuéntame por qué quieres que vayamos de compras.

—Serás mi ayudante en la fabricación de cremas y perfumes, hace mucho tiempo que he dejado a un lado mi verdadera vocación. Pero antes deberás ir a París y aprender todo lo que sea necesario.

Lo inesperado del plan de Rose hace que Celine no sepa que responder, su parálisis dura un momento, dando paso a una explosión de júbilo, abrazos y saltos provocan que las dos mujeres que las esperan en el zaguán se apresuren a subir creyendo que las dos jóvenes se han vuelto locas, Giselle sube las escaleras con más agilidad que lo debido para su edad, preocupada por la cercanía del parto de Rose, se detiene un momento para tomar aire, y antes de que Madeleine llegue a su lado para ayudarla, agarra con fuerza el picaporte de la puerta, abriéndola de un empellón, agitada por la premura con la que subido las escaleras y enfadada al ver a las dos jóvenes reír y saltar, corre hacia ellas y les grita:

—¡Dejad de hacer tonterías! —Se encara con Rose y comienza a regañarla como si se tratase de una niña—No te das cuenta de tu estado, podría pasar algo que tendríamos que lamentar.

Como si hubieran sido pilladas haciendo una travesura Rose agacha la cabeza aguantando el chaparrón, y es Celine la que se acerca a su abuela la abraza zalamera y le dice:

—No te enfades abuela, Rose me ha dicho que nos vamos a Marsella, y me he puesto a saltar de alegría.

—Ya sé que vais a Marsella, pero no iréis solas, irá León con vosotras, —mira a Rose y continúa— prefiero que no conduzcas, ya quedan pocos días para que salgas de cuentas, y un viaje, aunque sea corto, no es lo más adecuado.

León no es precisamente un compañero de viaje ameno, no le agrada mucho a Rose la idea, pero reconoce que es mejor que sus planes, sonríe complacida al ver la preocupación de Giselle sin importarle desvelar el verdadero propósito del viaje:

—Abuela, parece que has leído mis pensamientos.

—Es difícil que engañes a dos viejas como nosotras, has encandilado a Celine para que te acompañe, y desde Marsella nos dirías que os habíais tenido que quedar unos días más.

Madeleine interrumpe a Giselle, necesita hablar sobre sus vivencias, que no desea que se repitan en otra persona, pasa un pañuelo por sus ojos antes de iniciar su explicación:

—Ya he vivido esa experiencia, un embarazo y una fuga para que no interviniera el padre de mi hijo, tú volverías con él, yo regresé sin él, y lo he lamentado durante toda mi vida. ¿Se lo has dicho a Jean Baptista?

Rose agacha la cabeza y con un hilillo de voz contesta:

—No. No pensaba hacerlo.

La respuesta de Rose hace que se haga el silencio, las cuatro mujeres dejan que los pensamientos de cada una coincidan, sin que sean totalmente iguales, absortas como están no se dan cuenta de que la puerta se abre para dar paso a Jean Baptista, que respira tranquilo al verlas, y comenta:

—Os he buscado por toda la planta baja, hasta he llegado a pensar que os habríais ido a Marsella.

—Nos iremos mañana, pero ahora creo que tendrás que darte un baño para eliminar ese olor que traes, voy contigo y mientras tanto hablaremos.

Una sonrisa de compromiso, hacen comprender a Giselle que se avecina una conversación más dura de lo que podría caber en una pareja joven que va a separarse durante unos días, no desea que retrasen esa conversación que estima necesaria, y agarrándose al brazo de su nieta dice:

—Dejemos que se aseen, mientras tanto iremos preparando la cena.

Apenas se cierra la puerta, Jean Baptista cambia su mueca de sonrisa por un gesto de amargura, mira fijamente a Rose— que baja la vista incapaz de aguantar la del hombre— y con un gesto de amargura, le pregunta:

—No has querido decirme el motivo real de este viaje, y eso me duele, —da unos paseos por el dormitorio, regresa junto a ella y pregunta ¿Pensabas decirme en algún momento que este viaje es en realidad para ingresar en la clínica del doctor Durand?

Ya esperaba que Jean Baptista quisiera hablar del viaje, pero saber que conoce lo que ella ha intentado ocultar la deja sin saber cómo se lo va a explicar, y lo hace con tristeza:

—Ha sido para evitar que todo el pueblo hable de lo nuestro, me da miedo que el juez revoque su sentencia de emancipación, ya sabes que deben pasar unos meses hasta que sea firme.

—No me importa la sentencia, lo que nazca será mi hijo.

La firmeza con la que dice que el niño que lleva en su vientre será su hijo, emociona a Rose que abraza a Jean Baptista y entre lágrimas y besos le dice:

—Nunca lo he dudado que será tu hijo, y serás un padre estupendo, pero sería mejor que no estuvieras en el parto, nadie lo comprendería.

—Alejarme de ese niño es alejarme de ti, no me importa si se gestó con el semen de Armand o con el mío, solo se lo que me dice el corazón, y me dice que es mi hijo. Si tú no quieres que asista al parto no lo haré, pero creo que te equivocas, el niño tiene que sentir a su padre desde el primer momento de su existencia.

La voz de Rose rota por el llanto le dice al oído que, si quiere que esté junto a ella, y se funde en él dejándose llevar por la felicidad, desaparece la presión de su pecho y agarradnos por la cintura se dirigen al baño, la bañera se encuentra llena, y no preguntan quién lo ha hecho solo necesitan introducirse en el agua caliente y dejar que los problemas desaparezcan. Antes de quedarse dormida Rose dice con voz cansada:

—Cuando regresemos tendré que hablar con Antoine.

La respiración fuerte y pausada de Jean Baptista le indica que ya ha penetrado en el reino de Morfeo.

ANTOINE

Los habitantes de Montpubien ya están acostumbrados a que el pueblo sea autónomo, las cosas se hacen en apariencia por sí solas, pero existe una cabeza pensante que decide el tiempo y manera en la que deben hacerse todas las cosas, y esa cabeza es la del alcalde, además de ser el panadero, y dueño de la «Boullangerie De Belles Manèires» la mejor panadería y repostería de Montpubien, —es cierto que se trata de la única— tal vez sea un nombre rimbombante para un pueblo tan pequeño como Montpubien, pero como dice Antoine, su dueño:

—Todo el mundo tiene derecho a comer un pan como Dios manda.

En el pueblo todos conocen al alcalde, pero nadie sabe nada de él, salvo que es un hombre alegre y bonachón, desde que llegó al pueblo su comportamiento es ejemplar, trabaja día y noche, y sin salir de su panadería dirige Montpubien, es el político ideal para cualquier pueblo, y cualquiera se atrevería a decir que hasta lo sería para una gran ciudad, no es aficionado a los grandes eventos o a aparecer con la banda de su cargo en el balcón del consistorio.

Abre su despacho con las primeras luces del día, para que los vecinos dispongan de pan recién horneado en el desayuno, sus pastas son una delicia, y la suavidad de sus «croissants» forman capas ligeras que se deshacen en la boca, todas esto es lo que atrae a los vecinos que ya tienen la costumbre de tomar unas pastas con una copita de «Grand Marnier» mientras hablan de los sucesos más importantes ocurridos en los últimos días.

Antoine los escucha desde su mostrador y en algunos casos intercambia las mejoras a realizar en alguna calle, o tal vez si conviene que cada uno expusiera alguna idea para la celebración del día de la República, o algo tan sencillo como un campeonato de petanca.

Ya nadie lo recuerda cuando apareció en el pueblo, si alguien lo pregunta, le contestarán que es del pueblo y que sus padres se fueron siendo él todavía un niño, y regresó después de la guerra. Esto último es cierto Antoine apareció en el pueblo después de la guerra, solamente unos pocos conocen algo de su historia, entre estos pocos se encuentra Ricard, o tal vez sea el único que sabe, que llegó recomendado por Armand, desde el día en el que montó su panadería y en Montpubien, comenzaron a abandonar los hornos caseros, esa es la fecha estimada por algunas mujeres, para saber el momento de la llegada de Antoine, y lo definen de una manera muy explícita:

—La panadería nos cambió la vida.

La panadería y el panadero son el motivo por el que las mujeres solteras y casadas acudan cada mañana a comprar el pan tierno, y de paso pasaban el rato mirando cada movimiento de Antoine, un hombre delgado y alto, muestra sus brazos bien musculados, se tensan cada vez que lo ven transportar un cesto de pan que acaba de sacar del horno para colocarlo en los estantes, hay quien dice que sus manos fuertes saben cómo amasar con suavidad algo más que las hogazas de pan.

Lo comparan con Armand, porque dicen que ambos tienen un «algo» que las atrae, y también hay quien comenta:

—Creo que le pediré que me enseñe a amasar el pan.

También hay otra que afirma que es una buena idea y no duda en recalcar los beneficios sanitarios de esa labor:

—He leído en la peluquería que amasar el pan y hacer cerámica quita mucho estrés.

Todos estos comentarios le llegan al panadero, mira a las mujeres y les dice guiñando un ojo:

—Señoras, no me digan esas cosas, recuerden que es mejor que no se les enfríe el pan.

Entre risas salen de la panadería para permanecer hablando y riendo, hasta el punto de que alguna cruza las piernas para evitar que la risa las obligue a correr a buscar un lugar retirado si no quieren pasar vergüenza antes de llegar a su casa.

Es durante la noche, en el momento en que tiene que modelar las «baguettes», he dicho bien, modelar, porque eso es lo que Antoine hace con la masa, y siempre bajo la atenta mirada de una espectadora que al otro lado del cristal de la ventana se muerde los labios, intentando contener sus impulsos, mientras observa las manos fuertes del panadero, acariciar el pedazo de masa, para ir creando la barra que se convertirá en pan, con el torso desnudo los músculos se muestran brillantes iluminados por una luz amarillenta, la mujer hace un gesto de dolor al ver a Antoine practicar con maestría tres cortes con la espátula afilada en la barra de pan, lleva sus manos al pecho y respira hondo, Antoine hace subir la puerta del horno presionando en la manilla del contrapeso, y la luz rojiza del interior envuelve el torso desnudo del hombre, unas gotas de sudor resbalan por la mejilla de la espectadora y pasa la lengua por el labio inferior, seguidamente lo muerde con el deseo saliendo a borbotones por cada uno de sus poros, suspira y dice con voz contenida:

—¡Dios mío qué hombre!

Antoine ajeno a las miradas de esa mujer joven continúa con su labor, en la soledad del obrador sus recuerdos lo llevan a su infancia en la granja, el olor al pan recién horneado por su madre, y las bromas de su hermano mayor, fue en esa época cuando descubrió que era adoptado, a sus diez años el mundo se le vino encima, le habían engañado, no le trataban como a su hermano mayor. Su hermano mayor fue al seminario, al parecer tenía vocación, no entendía que era eso de vocación, y de la noche a la mañana se quedó solo con sus padres y el doble de trabajo, una enfermedad se llevó a su padre, su madre moría un año más tarde, y su hermano acudió al entierro en compañía de un sacerdote con la intención de que Antoine lo acompañase al seminario, al recordarlo sonríe y se dice:

—¡Pobre Pascual, que cara se le pondría al ver que había huido!

Una carcajada, y golpea con más fuerza a la masa que acaba de sacar de los rodillos, y continúa amasándola con maestría, fue el recuerdo del olor a pan recién horneado el que después de escaparse de casa, lo llevó hasta la «Boullangerie» su dueña Madame Florence, le dio un pedazo de aquel pan, que lo había arrastrado hasta la panadería:

—¡Ah! Mándame Florence, tengo que darle las gracias por haberme permitido poner el nombre en mi panadería. —El recuerdo de Florence le hace tomar una decisión—Ha llegado la hora de hablar con la condesa.

Fiel a sus principios Antoine, sabe que tiene que reunirse con Rose de manera ocasional, no es el momento de que la condesa regrese, aunque sea de forma indirecta a los corrillos de las damas chismosas, a pesar de que sean su mejor red de noticias, al pensarlo recuerda la promesa que le hizo a Armand. Sonríe al recordar el día en que se conocieron, un primer momento en el que Madame Florence fue quien se lo presentó un día en el que había decidido buscar un pequeño local y trabajar con recetas propias:

—Quiero que conozcas a una persona, es posible que me hayas visto con él en algún momento.

Aquella mujer parecía adivina, supo elegir el momento con la persona adecuada, piensa Antoine, la realidad es algo distinta, la idea surgió de Armand, que lo vio en una de sus visitas a la panadería, tenía relación con Madame Florence desde sus andanzas con la resistencia, los sótanos de la panadería se convirtieron en el centro comunicaciones con los aliados, y la amistad continuó, y para Armand la panadería se convirtió en la visita obligada en sus viajes a Paris.

Así es como conoció a Armand, y aceptó su propuesta sin pensarlo, sin conocerlo sintió que podía fiarse de él, la panadería fue un acierto y en cada retorno de sus viajes, Armand, se acercaba a la panadería para ver si necesitaba una inyección de dinero o si eran suficientes las ventas, en cuanto a los beneficios le decía siempre lo mismo:

—Inviértelos en el negocio.

El no deseaba ampliar más, al contrario que Armand, Antoine no quería arriesgarse en ampliaciones innecesarias, su trabajo era su entretenimiento y tampoco había pensado en casarse, pero aquella joven que se había convertido en su espectadora nocturna lo intrigaba, y un día de invierno comenzaron a caer copos de nieve y se atrevió a invitarla a que pasase al obrador para que estuviera caliente. A partir de aquel día su pensamiento no le deja trabajar en paz, si amasa una hogaza no se contenta con una sola, tiene que hacer dos, y las redondea cada una con una mano, el rendimiento no es el mismo y al llegar la mañana no ha podido dormir porque utiliza todo el tiempo en amasar el pan en vez de hacerlo en las mismas horas que utilizaba para esa labor antes de que permitiese entrar a esa joven en sus dominios.

No desea complicarse la vida con una mujer, aunque se da cuenta de que Adele es como un caramelo envuelto en un papel delicado impregnado de las complicaciones de las que trata de huir, él no es como Armand, son como dos polos opuestos, como en otras ocasiones en las que el conde lo acompañaba en el obrador, pregunta:

—¿Qué hubieras hecho tú?

Al mismo tiempo piensa; no sé porque te pregunto, ya se lo que hubieras hecho, pero tengo miedo, me gusta demasiado la soledad. La puerta se abre y el corazón de Antoine da un vuelco, Adele se detiene en la entrada sonriendo, al verla, Antoine deja la pala con la que introduce la masa ya modelada en el horno, y se dirige hacia ella, su torso desnudo parece el de una estatua griega blanqueado por el polvo de harina, sus brazos rodean el cuerpo de la mujer, los brazos de ella rodean el cuello del hombre y sus labios se entreabren esperando que los de él los acojan en un beso prolongado, después la voz ronca de Antoine le dice:

—Vas a conseguir que me arruine.

—Enséñame y te ayudaré.

La última baguette sale del horno, Antoine se acerca con un paño húmedo lo pasa por el rostro de Adele para limpiar las manchas de harina, se besan y escuchan los gritos en la calle:

—Es el coche de los condes.

MAUDE

El Citroën color burdeos conducido por León se adentra por la plaza para girar hacia la calle en la que se encuentra la casa de los con condes de la Roche, el bar de Pierrot se encuentra repleto de clientes con su correspondiente vermut en la mano, unas aceitunas rellenas de anchoa quedan abandonadas sobre la mesa, la actividad se para al reconocer el coche que han utilizado los condes para hacer una escapada, Marie ha sido quien se ha encargado de divulgarlo, añadiendo acto seguido para evitar suspicacias:

—Conduce León y va también Celine.

La noticia resulta preocupante, todos saben que León fue quien se dedicó a buscar pruebas de que la ruptura de la presa había sido intencionada, también fue quien tuvo que hablar con los gendarmes que vinieron a investigar, y los comentarios a los que son tan intencionados en Montpubien comienzan a circular por el pueblo:

—Dicen que el juez ha llamado de nuevo a León para interrogarlo. —Dicen unos.

—Pues la señora condesa no sé cómo se ha atrevido a ir con lo avanzado de su embarazo. —Dicen otras y hasta dan ideas para saber más sobre el tema—Preguntémosle a Marie, ella debe saber algo más.

Pronto y bien mandadas, aprovechan la primera ocasión para preguntárselo, lo Jaén en un momento en el que Marie se encuentra paseando al pequeño Martin, y la contestación fue de lo menos interesante que han oído hasta ese momento:

—Han ido a comprar ropa nueva para Celine, cuando nazca el niño ayudará a la condesa en no sé qué tipo de negocios.

Al aparecer el automóvil en la plaza, —por unos motivos u otros— todos tienen ganas de saber qué es lo que ha sucedido en realidad, se dirigen hacia la casa de los condes, creando todo un comité de recepción, la primera en salir de coche es una joven desconocida, su manera de vestir y moverse le recuerda a la condesa en el momento de su llegada al pueblo, hasta que Marie, que se encuentra asomada a su ventana les grita:

—¡Celine hija, vaya cambio que has dado!

La interpelada se vuelve sonriendo satisfecha y gira creando un círculo perfecto, señala su corte de pelo y le dice:

—Es la última moda en Paris.

León acaba de apagar el motor y dirigiéndose vale maletero le dice enfadado:

—Vamos Celine deja la cháchara y ayuda a la señora condesa recoge el portabebés, ya sabes cómo las gasta la condesita. — Refiriéndose a la pequeña ocupante del portabebes.

Jean Baptista desciende con una especie de cuneta de viaje, ríe al escuchar a su tío y le dice:

—No os preocupéis, ya la llevo yo, ayuda tú a Rose.

La noticia del nacimiento de la niña cae como una bomba entre los que estaban preocupados por la suerte que hubiera corrido León con el juez, y los que creían en la versión de Marie, las preguntas se agolpan, y no sólo las preguntas sino que todos los presentes rodean el coche para ver cómo se encuentra la recién parida, las felicitaciones al pariente más cercano, que en este caso se trata de Jean Baptista, hay quien desea arrastrarlo hasta la taberna de Pierrot para celebrarlo, lo salva una voz fuerte que sale desde detrás de la masa de gente:

—Es mejor que los dejéis descansar, si la señora condesa lo tiene a bien, podrán conocer a la niña más adelante.

Todos se giran asombrados de que sea Antoine quien acaba de restablecer el orden, en muy pocas ocasiones han visto cerrada la panadería. Rose aprovecha para salir del vehículo, agradece a todos el interés y dice:

—Muchas gracias señor alcalde, le agradecería que nos acompañe.

Jean Baptista deja el portabebés en el suelo y recoge a la niña que abre los ojos y extiende las manos como si entendiera que la van a sacar de su cómoda cárcel, para su primer acto público, la eleva para colocársela con la espalda pegada a su pecho y la muestra al pueblo, eleva la voz para ser escuchado por todos y les dice:

—Hace tan solo nueve meses que mi padre se fue, Maude acaba de llegar, y os prometo que seré su padre, ya he hecho todo lo posible para que así sea.

El silencio se convierte en un murmullo que se amplifica hasta alcanzar un nivel de gritos, de nuevo es Antoine quien lo acalla exhibiendo un papel en su mano:

—Ya conocéis toda la amistad que me unía a Armand, unos días antes de su fallecimiento a falta de notario, registró este documento en el ayuntamiento, en él deja como única voluntad que, si la señora condesa estuviera embarazada, desearía que

Jean Baptista contrajera matrimonio con ella, inscribiendo al recién nacido como hijo o hija de Jean Baptista, y como veis los nuevos papás han aceptado cumplir la voluntad de Armand.

León se acerca al alcalde y le dice en voz baja:

—Ya les has dado un buen tema de conversación

—Ellos te han dado a ti una nueva sobrina.

La respuesta del alcalde hace que León arquee las cejas, la duda comienza a hacer mella en el pensando si es algo fortuito o es que Antoine sabe algo que él ignora, demasiado pronto comenzaron a hacerse carantoñas, ve a su madre en compañía de Madeleine salir de la casa y entre las dos le arrebatan a la niña de los brazos de Jean Baptista para dirigirse hacia el interior de la casa con toda la rapidez que les permiten sus piernas, sonríe complacido al ver la ilusión reflejada en el rostro de Giselle, que le pasa a la niña a Madeleine y espera en la puerta la llegada de Rose, para abrazarla mientras las lágrimas de emoción ruedan por sus mejillas, Se dirige al interior tratando de aclararse el nudo que se le ha formado en la garganta y dice para sí mismo:

—¡Demonio de mocosa! Ha venido cargada de alegría.

En el interior del domicilio todas las miradas se centran en la niña riendo ante cualquier gesto por insignificante que sea, Jean Baptista pasa un brazo por los hombros de Rose y mira a Antoine que se ha quedado un poco apartado del grupo, y le comenta:

—Armand continúa haciéndonos bailar a su ritmo.

—Hasta ahora, —dice Rose, extrayendo un sobre con el membrete de los de la Croix, saca de él dos papeles y dice— Antoine, acércate hermano.

El aludido la mira asombrado, mientras el resto esperan que Rose les explique el motivo por el que ha llamado hermano al panadero, Madeleine lleva un rato observándolo, encuentra en Antoine un parecido inexplicable con el fallecido Armand, el pelo del hombre cae sobre su frente, y en un movimiento inconsciente introduce sus dedos en el mechón, en forma de peine para devolverlo al lugar que le pertenece, es el mismo gesto que solía hacer Armand y que también lo hacía su padre. El aire de la estancia se vuelve irrespirable para Madeleine que a punto de caer al suelo es ayudada por Celine que la lleva hasta la silla más cercana para poder atenderla. Antoine corre hacia ella, pide un poco de agua y espera a que se recupere para decirle:

—Si, soy yo tu hijo, Armand me encontró y me hizo venir y puso a mi nombre la panadería.

Esta noticia abre una serie de preguntas en cada uno de los presentes, solamente Antoine y Rose son los dos únicos dueños del secreto, Celine mira a todos haciendo gestos de asombro, León se rasca la cabeza y expulsa el aire antes de soltar una sonora carcajada cargada de nerviosismo, y Jean Baptista, con la niña en los brazos se apoya en el borde de la mesa como si fuese el espectador de un vodevil en espera del segundo acto. Solamente Rose se mantiene serena con los papeles en la mano, y al ver que Madeleine se ha repuesto, les dice:

—Antoine es hijo de Madeleine y del padre de Armand, por eso lo he llamado hermano. También sabéis que pesaba una deuda sobre toda la posesión de nuestra casa, fue un documento que Armand firmó con mi abuelo para que nadie pudiera intentar apoderarse de la herencia de Jean Baptista.

Jean Baptista la interrumpe, tratando de comprenderlo:

—En el testamento, mi padre deja como su única heredera a la niña en el momento en que nazca. ¿Es que le legó deudas?

Rose se le acerca y deposita un beso en la frente de la niña y otro en la mejilla de Jean Baptista, y continúa hablando:

—La deuda solo está en el papel, en la visita que hicimos a Burdeos le pedí esto a mi abuelo, y aunque entonces no lo comprendí, me lo dio en dos partes, él lo hizo para no ser utilizadas al mismo tiempo para no llamar la atención si hay una inspección, ahora nos sirve para hacer lo que es justo.

Uno de los recibos se lo entrega a Jean Baptista, y el otro se lo entrega Antoine, que intenta rechazarlo y comenta:

—Para mí es suficiente que me hayas reconocido como parte de la familia, con la panadería soy feliz, y no pretendo aspirar al título de conde, eso queda para mi sobrino.

Estas últimas palabras las dice tímidamente, Jean Baptista lo mira sonriendo, y pasa una mano por el brazo del panadero, para demostrar que le agrada tener un tío más, Rose levanta una mano para llamar la atención y les dice sonriendo:

—Jean Baptista es el conde consorte, la condesa soy yo hasta que mi hija sea mayor de edad, en ese momento tomará la posesión del título, la casa y otras posesiones del mayorazgo.

Una de las dos jóvenes contratadas por Celine entra en el salón, se acerca a Rose y le dice:

—Acaba de llamar el padre Pascual, vendrá mañana, y ha dicho que solamente tienen este tiempo para preparar la boda.

Jean Baptista y Rose se miran, sin poder hablar debido a un ataque de risa, piensan en la promesa que les hizo el día de su despedida, el resto no sabe que decir hasta que Rose mira a Celine y a Antoine y les hace una pregunta, que les asombra por lo inesperada:

—¿Queréis ser los padrinos?

Los dos interpelados no tienen tiempo de responder a la pregunta de Rose, la niña empieza a llorar, y todos se dirigen hacia ella con rapidez, pero son sus padres los que se apresuran a llevársela al dormitorio, Antoine cree que es su obligación hacer que todo el pueblo se entere de la noticia, lo tiene muy fácil. En la casa de al lado se encuentra una de sus mejores colaboradoras, sale corriendo a la calle mientras Celine piensa en el traje que utilizará, y sonríe al pensar en uno que le había parecido excesivamente lujoso para ponérselo en Montpubien, y dice en voz alta:

¡Estaba preparada la boda!

Nadie la comprende, tal vez su abuela sea la única que sabe qué es lo que está diciendo, y León se rasca nuevamente la cabeza recoge las llaves de la cochera y sale para retirar el coche de la calle y dejar el paso libre, ve a Antoine hablar con Martín y que llama a Marie y después de hablar un momento con el alcalde, comienza a hacer aspavientos, corre al interior de la casa y no tarda mucho en salir con el cochecito de paseo y el niño para comenzar un recorrido por todo el pueblo. La maquinaria se ha puesto en funcionamiento, León golpea con las llaves en la pernera del pantalón, y sin poder evitar una carcajada exclama:

—Esta sí que una buena noticia.

FSC
www.fsc.org
MIXTO
Papel procedente de
fuentes responsables
Paper from
responsible sources
FSC® C105338